图书在版编目（CIP）数据

蔡澜说人生：世间事 贵痛快 /（新加坡）蔡澜著.北京：北京时代华文书局，2025.1.
ISBN 978-7-5699-5611-5

Ⅰ.1339.65

中国国家版本馆 CIP 数据核字第 2024K77U66 号

北京市版权局著作权合同登记号　图字：01-2024-3436

Cai Lan Shuo Rensheng: Shijian Shi Gui Tongkuai

出 版 人：陈　涛
责任编辑：石　雯
营销编辑：俞嘉慧　赵莲溪
封面设计：小费设计
内文插图：苏美璐
内文设计：段文辉
责任印制：刘　银

出版发行：北京时代华文书局 http://www.bjsdsj.com.cn
　　　　　北京市东城区安定门外大街 138 号皇城国际大厦 A 座 8 层
　　　　　邮编：100011　电话：010-64263661　64261528

印　　刷：河北环京美印刷有限公司
开　　本：880 mm×1230 mm　1/32　　成品尺寸：140 mm×210 mm
印　　张：7.5　　　　　　　　　　　字　　数：152 千字
版　　次：2025 年 1 月第 1 版　　　　印　　次：2025 年 1 月第 1 次印刷
定　　价：49.90 元

版权所有，侵权必究
本书如有印刷、装订等质量问题，本社负责调换，电话：010-64267955。

有些事，不做比做好；
有些问题，不答比答好。
烦恼减到最少，最好。

希望活得一天比一天更好,今天比昨天快乐,明天又要比今天充实。

人生最大的遗憾就是不够时间享受更多的肉体与精神上的痛快。

所谓快活、快活、就是痛快活着。

目录

序·蔡澜是一个真正潇洒的人　I
代序·世间事，贵痛快　IV

第一章 世间事，贵痛快

我的哲学：做什么事都要快　002
我认为自己有胜利的气质　007
横山大观 幸田露伴：快意人生须尽欢　012
疏又何妨，狂又何妨　016
十二岁半的女人　020
濑户内寂听：趁年轻，折腾吧　024
我是千猫主人，我快乐　029
我喜欢多姿多彩的生活　033
何当共饮一杯酒　038
牛次郎的生意　043
不能完全做自己喜欢的事，就尽量避免做厌倦的事　047
希望是一种不可思议的药　049

只愿无事常相见 051

如今你我相遇，必呼吾垂垂老矣 053

如果知道如何止损，包括恋爱 055

不断地竞争，头脑会更灵活 057

第二章 而我为了尽兴

小津安二郎：淡是最浓的人生滋味 060

人家活一世，我好像活了两世 062

三船敏郎：敬业爱业 066

女人，要多读书、多旅行 069

工作就得活到老做到老 073

女大将：亲手劳作，专注生活 075

而我为了尽兴 078

日本人的做事精神：要做就做好它 081

要专业 083

客人是上帝 085

从不诉苦，从不 087

一条小百合：乘兴而行，兴尽而返 089

有人心的机微存在 094

并没有什么了不起 100

一生至爱 102

02

第三章 永远地向前：无限动进，也无限静退

唯有长情和天真 106

鳄渊晴子：拒绝被束缚 109

女人不做事，就没生命力 111

一念造就三千大千世界 113

写过《缅甸竖琴》的和田夏十 117

老龄化下的日本女性 120

名取裕子 122

不死鸟的传说 124

权力"甜美" 126

也无限静退 128

形到意到，不增不减 130

一休老了 132

男人的履历书 133

才华、童心，心地光明 135

懂得赚懂得花的人生赢家 138

03

第四章 都不如快活了便宜

小泉八云：幽默、光辉和韵味 142

老人与猫 145

老浪人，她寂寞 152

尘世忘不掉 153

都是可怜的人间 156

厄 158

花开多风雨，别离是人生 160

痴绝的快乐 164

其他时间花在耕耘上 166

介护，介护 168

有些事，不做比做好；有些问题，不答比答好 170

脸红 175

可贵的是天真 177

做生意，贵真诚 179

无物堪比伦，教我如何说 184

再来一瓶啤酒 186

跋·以"真"为生命真谛，只求心中真喜欢 189

人生真好玩儿　200

我的方向就是把快乐带给大家　204

你不给我别的机会,那我就从中找到别的乐趣　207

人生的意义无非就是吃吃喝喝　212

序·蔡澜是一个真正潇洒的人

除了我妻子林乐怡之外,蔡澜兄是我一生中结伴同游、行过最长旅途的人。他和我一起去过日本许多次,每一次都去不同的地方,去不同的旅舍食肆;我们结伴同游欧洲,从整个意大利北部直到巴黎,同游澳大利亚、新加坡、马来西亚、泰国之余,再去北美,从温哥华到三藩市(旧金山),再到拉斯维加斯,然后又去日本。最近又一起去了杭州。我们共同经历了漫长的旅途,因为我们互相享受做伴的乐趣,一起去享受旅途中所遭遇的喜乐或不快。

蔡澜是一个真正潇洒的人。率真潇洒而能以轻松活泼的心态对待人生,尤其是对人生中的失落或不愉快遭遇处之泰然,若无其事,不但外表如此,而且是真正的不萦于怀,一笑置之。"置之"不太容易,要加上"一笑",那是更加不容易了。他不抱怨食物不可口,不抱怨汽车太颠簸,不抱怨女导游太不美貌。他教我怎样喝最低劣辛辣的意大利土酒,怎样在新加坡大排档中吸牛骨髓，我会皱起眉头，他始终开怀大笑，所以他肯定比我潇洒得多。

我小时候读《世说新语》，对于其中所记魏晋名流的潇洒言行不由得暗暗佩服，后来才感到他们矫揉造作。几年前用功细读魏晋正史，方知何曾、王戎、潘岳等大批风流名士，其实猥琐龌龊得很，政治生涯和实际生活之卑鄙下流，与他们的漂亮谈吐适成对照。我现在年纪大了，世事经历多了，各种各样的人物也见得多了，是真的潇洒，还是硬扮漂亮，一见即知。我喜欢和蔡澜交友交往，不仅仅是由于他学识渊博、多才多艺，和我友谊深厚，更由于他一贯的潇洒自若。好像令狐冲、段誉、郭靖、乔峰，四个都是好人，然而我更喜欢和令狐冲大哥、段公子做朋友。

蔡澜见识广博，懂得很多，人情通达而善于为人着想，琴棋书画、酒色财气、吃喝玩乐、文学电影，什么都懂。他不弹古琴、不下围棋、不作画、不嫖、不赌，但人生中各种玩意儿都懂其门道，于电影、诗词、书法、金石、饮食之道，更可说是第一流的通达。他女友不少，但皆接之以礼，不逾友道。男友更多，三教九流，不拘一格。他说黄色笑话更是绝顶卓越，听来只觉其十分可笑而毫不猥琐，那也是很高明的艺术了。

过去，和他一起相对喝威士忌、抽香烟谈天，是生活中一大乐趣。自从我心脏病病发之后，香烟不能抽了，烈酒也不能饮了，然而每逢宴席，仍喜欢坐在他旁边：一来习惯了；二来可以互相悄声说些席上旁人不中听的话，共引以为乐；三来可以闻到一些他所吸的香烟余气，稍过烟瘾。

蔡澜交友虽广，但不识他的人还是很多，如果读了我这篇短文心生仰慕，想享受一下听他谈话之乐，又未必有机会坐在他身旁饮酒，那么读几本他写的随笔，所得也相差无几。

金庸

代序·世间事，贵痛快

问：你是一九四一年出生的，做个回顾吧，有什么感想？

答：一时说不出有什么感想，只觉得快。是的，人生过得太快了。

问：是怎么样的一种快法？

答：所谓快活、快活，就是痛快活着，我三十岁时看了一部叫《2001太空漫游》的片子，屈指算算，唉，到了二〇〇一年，我已六十岁，那会是怎样一副模样？现在想起来，像昨天的事。照照镜子，我只能说一个"老"字。

问：心境还算年轻吧？

答：这句话，老的人常挂在嘴边，其实老了就是老了，没有什么"心境年轻"这一回事儿。相反地，年轻人活得不快乐，样子看起来就很老，比他们的实际年龄老很多，我周围也常出现这一类人，常像专家指导我，我一直当他们是我爷爷。

问：你觉不觉得自己老？

答：古人有"丹青不知老将至"的诗句，幸好我的头发虽然白了，但是还没掉光，所以也不感觉老。体力大不如前倒是每天能感觉到的，像酒量、像性爱的次数等。可是思想上愈来愈年轻，觉得周围的人都比我稳重。我常开玩笑，说我和年轻人有代沟，我比他们年轻。

问：你吃得好，住得好，当然比很多人年轻啦。

答：我吃得好，住得好，是因为年轻时付出了勤劳的代价。我也有经济不稳定的岁月，我不是在说风凉话。和我有代沟的年轻人，我觉得是他们对生活的态度不够积极。

问：从男女之事中，到底学到了什么？

答：学到尽量不要去伤害别人。年轻时不懂得这种感情，好奇心重，拼命去试，伤害了不少人。过后觉得自己也同时受了伤，所以如果可以避免伤害，就要避免。

问：你不忌讳谈谈关于死亡的问题吧？

答：人生必经之道，忌讳些什么？这是东方人的缺点，以为长寿是福，很少谈及死亡的问题，活得不快乐的话，长寿怎么会是福分呢？

问：既然你不介意这件事，那么什么样的死法，才算死得好？

答：死，要死得有尊严，就像老要老得有尊严一样。

问：先谈老得有尊严。

答：老，一定要老得干净，干干净净就有尊严。不论身上穿的是名牌，还是在花园街买的衣服，都要洁净、笔挺。头发，如果还剩下的话，要梳一梳。胡子，当然还有啦，留着也好，但是要修整，不然就刮光。中间路线，总给别人一个不干净的感觉，这也不是做给别人看，老了哪还管别人那么多？自己感觉到干净，就有尊严，走路最好腰背挺直。不弯腰，人更有尊严。得了癌症，被拖得不像人形，就是死得没有尊严了。

问：你赞成安乐死？

答：何止赞成！我认为有了安乐死，人类才可以真正称得上文明进步。现在荷兰已经安乐死合法化，我们的社会，不知道要等到何年何月。我不单赞成患了绝症可以安乐死，我觉得活到某个年纪，还是不快乐的话，说走，就可以走。至少，有了这个信念，人活下去，会自信得多。

问：如果（病痛）是发生在你身上呢？

答：知道怎么走，比摸索更好。我已经活到六十多，没生过什么大病，（敲敲木鱼）算是很幸运的。命运安排，我还过得不错。我虽然付出过努力，但我认为还是因为这条命好的缘故。所以万一医生查出患了什么绝症的话，我与其相信医生的治疗，不如相信算命者为我计算出的将来。

问：你有没有写过遗嘱？

答：遗嘱有什么好写的？走了就走了。还关照些什么？葬礼风不风光？本人看不到，有什么用？要写遗嘱的话，不如在活着的时候安排自己的葬礼。至少你可以看到谁是你的朋友，谁是你的敌人。葬礼最好变成一个大派对，尽量喝最好年份的香槟，吃最肥腻、最不健康的菜肴，宴会完毕后自己搞失踪，不再见人。

问：真的不怕死？

答：人生充实了，对死亡的恐惧会相对地减少。我好像告诉过大家这么一个故事：有一次我乘长途飞机，旁边坐了一个彪形大汉的鬼佬[1]，飞机遇到了不稳气流，颠震得厉害，鬼佬拼命抓紧把手，我若无其事地喝我的酒。气流过后，鬼佬似乎看我不顺眼，问我："你是不是死过？"我懒洋洋地举起食指晃了一晃，回答道："不。我活过。"

问：你有没有做过十年规划，你会做些什么？

答：想过。想了老半天，也想不出一个头绪。还是随遇而安，过一天算一天吧。人的生命，是那么脆弱。从死得早的亲戚和朋友身上，我们可以得到这种结论。计划归计划，现实生活中将会发生些什么，谁知道？

问：难道连一个月的计划也没有？

答：我最不喜欢有什么目的或者有什么使命的。如果硬说有什么目标，那么还是一句老话：希望活得一天比一天更好。今天比昨天快乐，明天又要比今天充实。

问：什么叫充实？

答：多看书，多旅行，多观察别人是怎么活下去的，多学

---

1 粤语对白人男人的称呼。

一点你想学的东西，就会感到充实。像我最近才学会用计算机上网，就很有充实感。

问：物质上的享受重不重要？

答：回答你不重要，是骗你的，我的欲望还是很强的。我的一个食评专栏名字叫《未能食素》，和吃不吃肉没有关系，那是代表我对物质的放不下，我还不能达到无欲无求的境界。

问：你最大的遗憾是什么？

答：不够时间享受更多肉体与精神上的痛快。

问：现实生活中的人物，你的偶像是谁？

答：弘一法师。

问：你想怎样死去？

答：油枯灯灭，悲欣交集，像弘一法师。

问：你人生的目的是什么？

答：吃吃喝喝。

问：对于急着找个伴侣的单身女性，你有什么建议给她们？

答：没有建议。我一向相信老人家所言：姻缘不到，急也没有用。如果命中注定嫁不了人，就别嫁了。但是机会总是有的，耐心地等吧！做人，为什么要迂腐到非嫁不可？多学习，多自我增值，潇洒地活一回，总会有人欣赏。

问：我们年轻人怎么摆脱烦恼呢？

答：没法摆脱，只能与它共存。

问：怎么共存？

答：一切烦恼，总会过去的。我们小时候烦恼被家长责骂；大了一点，担心老师追问功课；青春期为失恋痛苦；出来做事怕被炒鱿鱼。但是，这一切不是都已经过去了吗？一旦过去，就觉得当时的烦恼很愚蠢，很可笑。我们活在一个刷卡的年代，为什么不透支快乐？既然知道一过去就好笑，不如先笑个饱算数。

问：怎么要求普通人去做学问？

答：我所谓的学问，并不深。种花、养鸟、饲养金鱼，简简单单的乐趣，都是学问。看你研究得深不深，热忱有多少。做到忘我的程度，一切烦恼就都消失了。你已经躲进自己的世界，别人干扰不了你。

问：从旅行中，你还能学到什么东西？

答：学到谦虚和不贪心，我最爱重复的有两个故事：一个是我在印度山上，那个老太太整天烧鸡给我吃，我问她有没有吃过鱼，她问什么是鱼。我画了一条鱼给她看，说：你没吃过鱼，真是可惜。她回答说：没有吃过的东西，有什么可惜呢？另外一个故事发生在西班牙的小岛上。我一早出去散步，遇到一个老嬉皮士在钓鱼，地中海清澈见底，我看到他面前的鱼群很小，而另一边的很大，我对他说：喂，老头，那边的鱼大，去那边钓吧。你知道他怎么回答？他说：我钓的，只是早餐。

问：去完一个地方，回来可以做些什么？

答：最好是以种种方式把旅行的经历记录下来，能用文字写出来更好。或者画画，不然用相机拍，总要留些回忆，储蓄起来在老的时候用。忘得一干二净的话,以后坐在摇椅上,两只眼睛空空地望着前面,什么美好的东西都想不起来,是很可悲的。

问:什么叫"醉"?请下定义。

答:醉是一种轻飘飘的感觉。有点兴奋,但不骚扰别人。话说多了,但不抢别人的话题。真情流露,略带豪气。十二万年无此乐,叫作醉。

问:我碰不了酒,很羡慕你们这些会喝酒的人,我要怎样才能了解你们的欢乐?

答:享受"自然醉"去。

问:什么叫"自然醉"?

答:热爱生命,对什么东西都好奇,拼命问。问得多了,了解了,脑中产生大量的多巴胺,兴奋了,手舞足蹈了,那就是自然醉,不喝酒也行,又达到另一种境界。

第一章 世间事,贵痛快

我的哲学：做什么事都要快

东宝株式会社的前社长藤本真澄，中国电影圈里大概还有些人记得他。

很久以前他常来中国香港拍"社长"系列电影。后来，他也曾力捧尤敏成为日本影坛的红人。宝田明、加山雄三等都是他一手提拔的，但是，比起他监制的黑泽明的影片，这些都不值一提。

黑泽明在日本，工作人员称他为"天皇"，也只有藤本敢和他吵架，刺激他拍《用心棒》《椿三十郎》等较商业性的片子。他们分开又结合，到最后还是好朋友。

藤本是一个大胖子，戴着一副厚玻璃眼镜，眼镜后面闪烁着一双机敏的小眼睛。他给人家的印象是性子又急又火暴，讲话声音大，嗓音沙哑。日本电影圈里有什么鸡尾酒会的话，只要听到有人在哇哇大叫，那大家就知道藤本已经来了。因为他资历深，影坛中人都对他很是敬畏，他更是威风。

就在这么一个聚会中，我第一次遇到藤本，他像一头蛮牛一样推开人群跑到我面前，说："君，你新上任，应该多买我们公司的片子！"

当时我是一家机构的日本分公司经理，只有二十出头，血气方刚。我不喜欢他那嚣张的态度，但还是强忍下来，不卑不亢地回答："'君'这个称呼是年纪大的人对比他们小的人用的。我比你年轻，你本来可以这么叫我。但是，我代表的公司买你们的电影，顾客至上，你应该明白，藤本君。"

他一下子呆住，不知怎么接话。

"以后，我还是叫你FUJIMOTO-SAN，你叫我CHAI-SAN，如何？"我说完伸出手来。

藤本本来沉着脸，忽然放声大笑，说："好小子，就这么办吧！"

后来，我发觉他的个性一如其名——真澄，又很孝顺。他和红得发紫的女明星新珠三千代有段情，因为他母亲反对，最后弄得终身不娶。藤本解释他的性子为什么那么急："我在德国的时候，乘火车时看到厕所的一个牌子上写着'请快一点，还有其他人在等'。以后这成为我的哲学观，做什么事都要快！"

藤本真澄带我去银座的一家寿司店吃饭，它的特征是，门口挂了一个极大的红灯笼。

一进去，发觉店很小，客人围绕着柜台而坐，再也没有其他的桌椅，只能服务十个八个客人。更奇怪的是，它的柜台没有玻璃格子，看不到鱼或贝类。

大师傅向藤本打招呼，两人如多年老友般交谈，我插不上话，便先喝清酒。酒比其他地方的干涩，但很香浓，藤本说是这家店的特酿。

我在心中嘀咕不知要叫什么东西吃时，大师傅捏呀捏呀，"炮制"了两个小饭团，只有通常吃的半个之大。一个上面铺着一片鱼，另一个是一片象拔蚌。

我伸手拿起后者蘸酱油吃下。真是以贝类为主，等到你认为寿司口感单调的时候，大师傅又在中间穿插上一两片鱼类的寿司。每一次捏出来的东西，都和前一次的味道不同。

"来这里的客人，从来不用开口，大师傅会观察你的喜好。一出声便老土了。"藤本低声地告诉我，"他们先把鱼类和贝类分开，再试看你要口味淡的还是浓郁的，一直分析下去。只要你来过一次，大师傅便会将你的口味记住，所以这里不用将食物摆出来让客人点。你表现得很好，没有出洋相。"

"东洋相。"我修正道。

藤本大笑，继续和大师傅聊天。

吃了好些生东西，正想要有点变化时，大师傅挖了一只大鲍鱼，切下两小片扔入一个小钢锅，倒入清酒，在猛火上烧，又摆在我面前，肉是半生半烤焦，入口即化。

接着，我想喝汤来汤，想吃泡菜来泡菜；倒最后一滴酒时，新的酒瓶又捧来。

好家伙，什么都给他猜透了。

最妙的是，他们还能注意到客人的食量，没有说吃不够，或者是吃剩一块的。当然，价钱是全日本最贵的一家。

以人头计，一走进这家店吃多吃少都要付巨款，但是走出来的人，从来没有一个呼冤叫枉。

我也是个急性子的人，藤本和我一老一少，什么事都很谈得来。他每次去外国经过中国香港，一定来找我，因为他知道我和他一样好吃，会带他去新发现的好菜馆。他对我还算客气，要是他和他下属吃饭，自己的肚子一饱就撇开筷子和汤匙，扔下钱马上离开。

藤本的酒量惊人，不消一个半小时，我们一喝就是两瓶威士忌。大醉后，他常告诉我一些趣事：

当黑泽明在苏联拍《德尔苏·乌扎拉》的时候，藤本大老远地跑到莫斯科去探班，两人一起到一家高级餐馆去吃饭。

在那冰天雪地的地方，黑泽明已经好几个月没有吃到新鲜蔬菜了，当他看到菜单上有包心菜时，有点不相信自己的眼睛，叫侍者来问，侍者点点头，黑泽明大喜。

两人各叫了一份包心菜，耐心地等待，不到三分钟即刻上桌，原来侍者捧来的是两罐罐头，"啵"的一声倒在碟上，这就是莫斯科的蔬菜，把黑泽明气个半死。

"还有一件更气人的事！"黑泽明告诉藤本。

"怎么啦？"藤本问道。

"有一次，我睡不着，跑到外面去喝伏特加，三更半夜才回酒店。第二天，我睡得不够，头痛得不得了，就打电话给有关单位，说我感冒了，人不舒服，不能拍戏。"黑泽明叹了一口气，"唉，哪晓得他们拆穿了我的'西洋镜'[1]，骂我是喝醉了诈病！"

"他们怎么知道？"藤本问。

黑泽明摇摇头："旅馆的每一层都有一个负责打扫的老太婆，她们都是KGB[2]呀！"

我患了眼疾到东京去的时候，藤本亲自带我去他的眼科医生处治疗，又介绍给我另一个吃生鱼的铺子，我从来没有吃过那么好吃的刺身。

晚年，他的声音越来越沙哑，检查后才知道是患了食道癌。

我送了燕窝和人参，但已无效。

他去世时我本想去参加葬礼，但俗事缠身走不开，心中十分难过。

日本设有"藤本奖"，是专门表彰对日本电影有突出贡献的电影制作者的唯一奖项。今年已是第三届了。

---

1 西洋镜：比喻以虚假的东西来蒙骗别人。拆穿骗局或拆穿谎言，谓之"拆穿西洋镜"。
2 KGB：克格勃，全称为"苏联国家安全委员会"。

我认为自己有胜利的气质

日本明治时代，出现了一个很具传奇性的女人——贞奴。

为什么叫贞奴呢？原来她的乳名为贞，从小就长得很美，家里有十二个兄弟姐妹，她父亲在她七岁时便把她卖给艺伎院，十二岁就以丫鬟姿态出现于宴会中，日本人称为"小奴"。到十六岁正式做了艺伎，大家还是叫她贞奴。

七十多年前，当社会还是很保守的时候，有本杂志访问贞奴，对答如下：

爱好——小说和翻译书；吃的东西——天妇罗；喝的东西——苹果汽水；烟呢——不抽；娱乐——音乐；衣服——西装；爱玩些什么——小狗；崇拜的人——稳如泰山的人；用什么肥皂——外国货；用什么香水——舶来货；你认为自己有气质吗——有，胜利的气质。

当时骑马、游泳、打桌球，都是男人最时髦的玩意，她样样精通。

贞奴的一生充满戏剧性。最初收养她的是内阁总理伊藤博文，后来她嫁给演员川上音二郎，自己成为巨星，最后又和开发木曾川水利工程的"电力王"福泽桃介相好。

NHK电视台每年都拍摄一些制作费浩大的长篇连续剧，明年开始他们的重头戏便是以贞奴为蓝本的《春之波涛》。

女主角除了当今红得发紫的松坂庆子外，不作第二人想。

现在我们经由松坂庆子的形象，化入有两排巨大枯树的东京道中，一个少女骑着马在奔驰。

路人惊艳，询问她是谁，大家只知她出身于艺伎院，是当今最红的角色，也是总理伊藤博文的"宠物"。

贞奴失身于伊藤是命运的安排，她自己没有选择，但是她内心不停地反抗，她不想成为侍妾，在这个时候，她遇到了早上也在骑马的庆应大学学生岩崎桃介，勇敢地爱上了他。

岩崎还年轻，想要追求门当户对的女孩子做太太，并没有把贞奴放在眼里。贞奴的心碎了……

总理伊藤博文虽然很爱贞奴，但看见她每天忧郁，心有不忍，当贞奴碰见二流演员川上音二郎，马上决定嫁给他的时候，伊藤也就无可奈何地答应放她一马。

贞奴做太太后拼命地为丈夫打气，甚至鼓励他去参加竞选国会议员，这事情当然失败，川上到底不是走政治路线的人才。

日本住不下去，两人组织了一个戏班子坐船到美国去表演。到了旧金山后才知道他们要去的戏院的老板破产了，一团十九个人沦落到要在公园自己煮饭吃。他们一路在街头演戏，一路流浪到芝加哥。

结果带去的两个女主角病了,却在这个时候有人请他们正式到歌剧院去表演,贞奴本来是以团长太太的身份跟去的,当时也只好硬着头皮上阵。她当艺伎时受过的舞蹈训练派上了用场,他们的表演大受观众欢迎。

趁着这个势头,他们由纽约横渡到伦敦,再由伦敦赶去参加当时巴黎的万国博览会。

贞奴穿的和服引起了东方浪潮,大家称之为"贞奴服装"。著名作家基洛、雕塑家罗丹都撰文歌颂。连毕加索也被迷得如痴如醉,他要贞奴做他的模特,贞奴高兴得要命,不过当她发现原来做模特是要脱光衣服时就摇头不干了,结果毕加索只好画一张她在舞台上表演的版画,这张画在"毕加索集"中可以看到,他的确把贞奴画得很美。线条重复,手也画了好几只,好像全身都在动着。

回国后,贞奴在东京公演莎士比亚的《奥赛罗》,饰演女主角苔丝狄蒙娜,这是西洋剧第一次在日本上演,以前日本都是男扮女装,她也成为舞台上的第一个女演员。

谈到此,顺带一笔的是弘一法师李叔同也和贞奴有点缘分,他后来演话剧《茶花女》,多多少少受贞奴的影响。

李芳远在《春柳时代的李哀先生》一文中提到:最初,李叔同和同学们在某艺院看了川上音二郎夫妇所演的浪人戏,他们爱好戏剧的热情、从事戏剧的热情、从事戏剧的欲望,已经心血来潮般地从内心逼迫出来……

川上音二郎在四十八岁那年病死。贞奴留在帝国剧场中训练新演员。

年轻时贞奴爱过的岩崎桃介[1]这时反过来追求她，他已娶了政要福泽谕吉的女儿房子，但还不顾一切闲言闲语，要求贞奴原谅他当年的愚蠢，并为贞奴筹备了她退出艺坛的盛大公演。

贞奴终于又成为福泽桃介的"黑市夫人"，不过贞奴当时的情形并不需要人家来养，她已有足够的储蓄来买屋子，并且在热海还有一栋别墅。他们两人的关系，作家松本苑子说没有性的存在，这也值得怀疑。那时候福泽桃介虽说已经五十岁，贞奴四十七岁，互相的性欲应该还是有的。

不过人到这个年纪对事业和金钱看得更重，福泽桃介拼命地计划着木曾川的大水坝工程，他的太太房子是个名门闺秀，不会出来替丈夫应酬，这工作倒是贞奴替房子顶上，为岩崎当外交，拉了不少关系。

他们之间的三角关系，历史上没有记载，只凭作家们的幻想弄得错综复杂，这里不赘述。

贞奴是个勇敢的、超越时代的女性，她当初不肯做总理伊藤博文的小老婆，后来也没有当福泽桃介的侍妾。

---

[1] 岩崎桃介还做了岳父福泽谕吉的婿养子，姓名改为"福泽桃介"。

木曾川的水坝建好后，福泽桃介成为日本"电力王"，她只是在遥望着人造的巨川。她在附近买了一块地，建了一座优美的庙宇，称之为"贞照寺"。

贞奴在七十六岁时去世，骨灰照她本人的遗愿，埋葬在贞照寺内，永远地看着她和她的爱人一起完成的木曾川水坝。

NHK电视台的连续剧《春之波涛》里，伊藤博文由伊丹十三扮演，他是个好演员，其父亲伊丹万作是位名导演，伊丹十三以前和彼得·奥图尔一起拍过《吉姆勋爵》，后来自己也导演了《葬礼》一片。演政要福泽谕吉的是小林桂树，相信爱电影的观众还会记得二十多年前他出演的《同命鸟》。演他女儿房子的是檀富美，我们对她较为陌生。福泽桃介由风间杜夫扮饰，他是个英俊小生。至于贞奴的丈夫川上音二郎，选中了中村雅俊扮演，亦是歌手和电视明星，大家都熟悉。

横山大观 幸田露伴：
快意人生须尽欢

横山大观与酒

日本近代画家中最著名的横山大观是个酒鬼，他死之前四天还拼命喝酒。

横山的父亲也是个酒徒，劝儿子喝的时候，横山两三小杯下肚脸就红了，这个父亲师傅教得不到家。

横山去东京美术学校上课，二十九岁就当了助教，他的老师冈仓天心也是个酒鬼，说："要喝就喝一升瓶。"[1]为了学画，横山一面喝一面上厕所呕吐，回到老师面前，老师还说："再喝，再喝。"

1　日本的"一升瓶"通常是1.8升。

去到厕所，再吐，再吐。

横山的努力得到了结果，画也画得更好，酒已经能喝到两升瓶那么多。从此，横山除了每天吃一点海胆、乌鱼和小鱼干，就是喝酒。横山最喜欢的日本酒是广岛产的"醉心"，现在还是可以买到的。

横山每年都送一幅画给醉心公司，作为答谢，醉心公司也每年送四斗酒给横山。你要看横山的作品，"醉心美术馆"收藏得最齐全。

晚年，横山手拿酒杯说："酒这种东西，任何时候都是好的！"

幸田露伴与酒

文人嗜酒如命的真不少，故事也讲不完，现在说一个日式"倪匡"。

幸田露伴是明治时代的名作家，他的书如《五重塔》《风流佛》等，风靡一时。处女作《露团团》连载在一本叫《都之花》的文学杂志中，他第一次拿到稿费的时候刚好是除夕。

"哼，你这种人写的东西还能换钱？"他爸爸骂道。

露伴听了哈哈大笑，之后约了两个朋友在上野的"八百叶"痛饮，放吟狂舞。直到半夜，友人叫他回家，但是已经没有火车了，三人便买了灯笼，一路唱一路走到天亮，转车到上川佐野找另一个朋友，此人见露伴一大早就来拜年，高兴极了，马上又饮酒。

翌日露伴乘火车开始无限期的旅行，从家里出来也只穿一件单衣，他一直上路，到京都和大阪，每日都醉个不停。最后搭船回东京。一共玩了二十一天。要不是当时的稿费很高，就是物价太便宜了。

露伴养了一条狗，知道主人有糖尿病，每当露伴要举杯，那条狗就用脚把酒踢掉。结果，这条狗倒是先病死了，露伴哭泣，说"何必呢？"又喝酒来追悼它。

饮酒怪人

日本有本古小说叫《水鸟记》，记载着"川崎大师河原酒合战"一事。

酒合战，斗酒也。

在一六四八年八月，当代的酒豪集中在一起斗酒，来人多数是军队的首领人物，东军大将一饮一斗五升（日本清酒大瓶的十五瓶），结果吐血而死。

西军又派一人前来，又是喝到呕血昏迷，但老命算是抢回来了，敌方人士为表敬重，还把他送回去。

第二回合再交战，两军饮至烂醉如泥、生死不明，最后此场战争是打和了。

《续水鸟记》中写的又是一次大酒合战，这次由文人相斗，参加者也有艺伎，酒量不输男人。

动画片里的"一休和尚"长大后也是酒仙之一，他常醉后狂诗，日本诗不大通顺，大意是：人间极乐在何方，我指杉叶第六门。

"杉叶"是当时有名的酒家的名字。

另一个怪人为元禄时代的商人灰屋绍益，绍益很爱酒，亦爱老婆，老婆死去之后，绍益把她的骨灰一点一点放入酒杯，慢慢地喝光了它，醉后，他说："我老婆叫我这么做的。"

疏又何妨，狂又何妨

从好几年前开始，读《九十年代》杂志时，留意到一个叫"新井一二三"的日本人，用中文写时事评论。

好几位文艺界的朋友都在谈论，说其中文没有瑕疵，一定是中国人化名写的，但也研究下去，好端端的一个中国人非要用日本化的名字干吗？

新井一二三，是男是女也不知道。日本名字"一二三"，男女都可以用，不像什么郎、什么子，一看就分辨得出性别。但作者用的文字和语气，都相当阳刚。大家都推测说是个日本报社的驻中国记者，一定是个男的。

是男是女，最好问《九十年代》的李怡兄。他卖个关子："新井人不在香港，等有机会的时候，再介绍给各位认识。"

后来，新井果然来了，在《亚洲周刊》当全职记者。一次朋友请客，李怡把新井带来，证实是女的。

像罗展凤在《明报》副刊写她：新井有着日本女孩传统的娃娃脸蛋，不施脂粉，服饰简单却又流露着一种说不出的charming

（魅力）……

给人家归为有吸引力的女子，就是说她不漂亮。的确，新井并不漂亮。

但是试试找一个会说流利汉语，又能用纯正中文写作的日本人给我看！

日本出名的汉学家很多，翻译过不少中国文学名著，但是叫他们用中文写作，数不出一两个。

"我叫一二三，是因为我是一月二十三日出生的。日文读起来不是音读的ICHI、NI、SAN，而是训读的HIFUMI。"新井大声地自我介绍，你要是与她交谈，便会发现她讲话是很大声的。

新井简单地叙述了自己的生平：早稻田大学政治系毕业，其间学习中国文学、政治和历史，后来公费到北京和广州修近代史。在《朝日新闻》当过记者，嫁去多伦多，六年之后离婚到中国香港来。

一九八四年邂逅李怡，当了他的"宠儿"，李怡一直鼓励她用中文写作。她先后在《星岛日报》《信报》发表过多篇文章，后来出版了第一本中文书《鬼话连篇》。李怡说："我似乎感到比我自己出一本书还要高兴，甚至有一种难以形容的骄傲。"

"中国女作家很少有那么勇敢的，肯把自己的堕胎经历写下来。"张敏仪说，"我想见她，是不是可以约一约？"

新井在《亚洲周刊》时，我和她在工作上有一些交往，有她的电话号码，便找到她。

新井对这位广播界的女强人也很感兴趣，欣然答应赴约。

我们去一家日本餐厅吃晚饭，大家相谈甚欢，也提起她加拿大前任丈夫的事。

"我以为他是一个思想开放的西洋男人，他以为我是一个柔顺体贴的东方女子，结果两者都失望。哈哈哈！"新井笑起来，和她讲话一样大声。

香烟一根接一根抽，张敏仪不喜欢人家抽烟，被新井和我左一根，右一根，熏得眼泪直流，但也奈何不了我们。

天南地北，无所不谈。讲到文学，她们读过的许多世界文学名著都是共通的。敏仪日文根底好，记忆力尤强，能只字不漏地朗诵许多诗词，这点是令新井羡慕的。

她大声说："如果我是中国人，便会像你一样吸收得更多。我虽然略懂中文，但是在诗词上的认识，总有不能意会的地方。"

"坏在我们太过含蓄，太过保守，不能像你们那么开放。"敏仪的声调也受新井影响，高了起来。

坐在旁边的客人转过头来看这两个高谈阔论的女子，令我想起南宋刘克庄的《一剪梅》："束缊宵行十里强，挑得诗囊，抛了衣囊。天寒路滑马蹄僵，元是王郎，来送刘郎。酒酣耳热说文章，惊倒邻墙，推倒胡床。旁观拍手笑疏狂，疏又何妨，狂又何妨。"

敏仪酒量不如新井，一杯又一杯，当晚干了数十瓶日本清酒。

新井又谈起她的加拿大前夫:"我们是用普通话交流的,在广州认识,我当年才二十三岁,就糊里糊涂地嫁给了他。离婚后才第一次和他讲英文。"

敏仪说:"不如单身的好,现在是什么世界?还谈什么嫁不嫁人?"

新井大力拍掌赞同。

十二岁半的女人

多年前在东京影展,认识了一个女孩子,长得像猫,眼睛大大的,头也大,叫羽仁未央(Hani Mio)。

"你多少岁了?"我直接问。

她伸出四根手指头,掌心粉红,更像猫的手掌心。

"四岁。"

"四岁?"

"我生在二月二十九日,四年才有一次生日。"原来她是那么算的。

她不穿胸罩,在当年,算是大胆的。

"我不喜欢一切束缚我的东西。"她说。

的确,她没有被束缚过。从小就爱自由。她父亲是日本著名的前卫导演羽仁进,正在非洲拍纪录片,把她带在身旁,让她和野兽一起长大。

回到日本后,因为学校有管制,她死都不肯去学校,她父亲也由她。但在日本这个社会,不能有独立的思想,不让子女上学是一宗大罪，她父亲只能带她离开，住在意大利萨丁尼亚岛上。

不上学不代表她不肯学，父亲让她看各类书籍，未央很小就会写作，出版过好几本书，不上学风波过后，终于又回到日本，她主持了许多电视节目，言论颇受欢迎。

羽仁进对女儿的放纵，也许是因为自己小时候吃过的苦。羽仁进的父亲羽仁五郎，是日本研究共产主义的先驱，他小时候经常受身边人的欺凌，所以他用独特的方式去保护女儿。

才华横溢的羽仁进娶了当年的日本明星左幸子为妻，左幸子拍过很多经典的电影，自己也做过导演。大尺度的剧情场面，她亦不在乎，只要剧本好，主演过《日本昆虫记》。

离婚后，羽仁进娶了左幸子的妹妹，未央不懂得大人的争吵，把后母当作亲娘，很爱她。

未央有一个很大的兴趣，那就是喜欢中国香港电影，为了香港电影，她只身跑到香港来，学习粤语，自小又精通英文，与人的沟通是没有问题的。

她对音乐也有独特的鉴赏能力，在香港生活期间，她致力推崇一支当年籍籍无名的乐队——Beyond，她利用自己和日本娱乐圈的关系，把乐队介绍过去。当然，她不能预知后来会发生的悲剧。

也许是因为香港能够对各种思想言论保持开放的态度，才令未央长住下去。后来，她在网上组织了一个社团，让不肯上学的年轻人聚集，讨论他们对自由的心态，形成一个"网上大学"。

如果说未央没有缺点，也不是。她爱喝酒，她那种极端的个性，一爱上就不能停止，于是每天喝，每天醉，曾经醉后躺在街边睡觉，像一只流浪猫。

有次在路上遇见，看她瘦得厉害，问道："还是不肯吃东西吗？"

她点点头。对的，她的另一个缺点是不肯吃东西，如果有人强迫她吃一点，她会歇斯底里地狂吼起来，羽仁进曾经这么形容她："未央是一只塔斯马尼亚恶魔，乖时非常可爱，一发狂，张牙舞爪。"

"网上大学"的基金很快用光，为了请到更廉价的计算机程序员，她跑到马来西亚槟城去住了好几年，爱上槟城的纯朴，不肯离开，后来又得到新加坡的资金，到那里去开计算机信息公司。

计算机公司有位日本工程师，非常孤独。一天忽然对她说："我这一辈子，只想生一个儿子。"

未央说，我跟你生吧。

生下儿子后，未央也像动物妈妈一般，让子女独立，不加管束，未央的儿子从小和菲律宾家务助理长大，只会说英语和菲律宾话，后来助理告老还乡，儿子要求跟她去菲律宾住，未央也不考虑一下就答应了。

"他是个怪胎。"未央说,"我最爱怪胎了。我自己就是。"

未央最爱看的电影,是一部在一九三一年拍的黑白片,片名叫《畸形人Freaks》,由托德·布朗宁导演,片中汇集了所有的侏儒、象形人、长毛怪人等,都天真无邪,在一个马戏团中去各地巡回表演,而最坏的"怪胎",是戏中的两个正常人。

未央的丈夫客死于新加坡,她的理想也受到种种所谓正常人的打击,经济愈来愈差,钱寄不到菲律宾后,儿子也被抛弃了,返归母亲身边,两人相依为命。

回到日本,她有时也被既讨厌又忌妒她的所谓正常人毒打,但她只把这些事当成笑话来讲。有一次她因酒醉昏倒,撞破了头,流了大量的血,在医院住了好几个月。大家都以为未央活不成了,但过了一阵子,她又复原,生命力极强。或许她像猫一样,有九条命。

未央因为酗酒的关系,出入医院成了家常便饭。最后,她还是拖着半条命,回到香港住下,以写文章在日本发表为生。

终于,坏消息传来,未央因心脏衰竭去世,和高仓健同一天,享年十二岁半。

濑户内寂听：趁年轻，折腾吧

尼姑之言

在日本京都嵯峨野举行的《铁人料理》节目中，我遇到了一个尼姑，她也是节目的评判员之一。叫濑户内寂听，八十多岁了，我不觉得她很老，也不觉得她像尼姑。

这个尼姑可真够忙的，写小说、上电视、做法事，还在周刊上有个专栏。最近，读到她一篇关于"幸福人生"的论调，虽然也属老生常谈，但对了解日本人有一点帮助，试译如下。

没有钱吗？什么时代都有这个问题。

和我聊天的人，话题多数和钱有关，什么被降薪，因借钱还不了被人追杀，只有死了用保险费来还，等等。

走到这个地步，都是由想住更大的房子、要吃更贵的东西开始。这是人类的欲望，谁都有的，我们出家人说这是"烦恼"。对策只有"小欲知足"。欲望小了,烦恼就少了,仅此而已,很简单,别愈想愈复杂。

我们只需想想日本战败后,民众有多可怜!

当然经济转好了,崇拜了物质主义。当今的男女都要买名牌货,名牌要花钱,所以感到有钱才是幸福的。

我们没想过从前贫苦的生活,那时候的女人为了养家而出卖肉体,当今的女人为了买名牌而和人睡觉,就连学生也有这类事发生。

就算你有了钱,有了名牌,又如何?最近听说我的朋友一死,家里的人即刻闹抢家产的丑闻,做人做到那样,值得吗?

刚写了一本小说,主人翁是一个借高利贷的,他住皇宫式的房子,花天酒地,后来投资失败,朋友、家人都离他而去,于是他想自杀。死前去了一个公园,看到笼里的猴子,反正快死了,就用剩下的钱买花生给猴子,猴子吃完用屁股对着他走掉,他才发现人类根本和猴子差不多,都是忘恩负义的,就不自杀了。所以钱没那么好用!

老尼濑户内寂听继续说:

有时想想,有钱可以买名牌,但买不到学问。就算你父母有关系,推荐你进一家名校,你的事业可能会一帆风顺,大公司都来请你。不过,最近的大公司也在一家家倒闭呀!不倒闭的公司也缩减经费,裁员多了,下一个可能就轮到你。

我们做人要有信心才行。

而给你信心的,是你学到的东西、交到的朋友。这才是幸福。

什么?你已经忘记幸福是怎么一回事了吗?你很快就会知道的。当你生了病,就会知道什么叫幸福。

老了怎么办?人都要老的,所以我们趁年轻一定要多学几门学问才行。像我,八十多岁了,每天还在忙着呀。

我也不是因为如今有了地位才说风凉话,我也知道对于有些人来说,老了能够做些什么呢?其实老了也有许多事可以做呀,举一个例子,像去帮助更老的人,不就行了吗?

老了整天在家里等死,那才是老,老了出来参加社会活动,就不觉得老。

像跳跳社交舞呀,像找人下围棋呀,公园里有很多和你一样老的人,他们都乐意和你做朋友。

我认识的一些老太婆,出来做晨运,愈做愈年轻,还有些老头对她们有兴趣呢。

死了老婆的男人,最好是交个女朋友,家里反对是他们的事。只要你不跟那个女人结婚,我想家里也不会有那么多反对的声音。

女人也一样,即使没有性生活,拉拉手也过瘾呀。

工作,爱情,或者说做个伴吧,也比待着什么事都不做好。

做事也不一定为别人,哪怕为了证明自己是存在的,也应该不停地做，做到倒下为止。

女人一代记

濑户内寂听的一生充满传奇，拍戏最为合适，果然电视台在二〇〇五年请了宫泽理惠来演她，拍了《女人一代记》系列。

本名濑户内晴美，日本人出家能保留自己的姓氏，我的好友加藤当了和尚，也没改姓。寂听出生于德岛市一个卖佛具的家庭，这大概是她与佛有缘的开始，不过当她看破尘世时是想成为天主教的修女，只是人家不要她罢了。

因为寂听曾经恶名昭彰，本来在东京女子大学就读，是个好学生，却跑去结婚生女，又离婚去写小说，再大搞男女关系。

处女作《女大学生·曲爱玲》获得新潮同人杂志奖，本可以平步青云的，但她又写了一本叫《花芯》的书，描述一个女子到了东京后认识的各个男人，在当时看来是相当大胆的，被所谓的文学批评者骂她为"子宫作家"。

其实男作家们早就把性爱描写得淋漓尽致，像谷崎润一郎写的性还有点变态，也是文学巨匠，女人为什么不可以写呢？

终于，寂听在一九九二年又写了《问花》，得了谷崎润一郎奖，被社会肯定了她的地位。一九九五年又凭借《白道》这部书获得艺术选奖文部大臣奖。

《源氏物语》是日本关于历史爱情的文艺巨著，以古文书写，甚是难懂。日本文学有一个传统，那就是近代作家能够以他们的看法，用白话文来重写旧小说，谷崎润一郎也试过，寂听也重译。工作艰难，全二十本，出版后她又得了NHK的放送文化奖。

寂听又写了《夏日终焉》《场所》和《释迦》等书，当今在佛教的地位为大僧正，这等于是基督教的大主教了。她曾大力帮助因吸大麻而被捕的演员，又时常与提倡死刑废除者为伍，思想开放。

她在德岛的母校迎一百周年校庆时，出钱出力，支持"令君梦想成真一百万日元奖学金"制度，并做了一场演讲。有人问她传记描述的是否是本人经历，寂听笑着回答："书中阐述的仅为一小部分而已。"

我是千猫主人，我快乐

在东京街头散步，闻到一阵异味。

并不是汗臭，也非什么污秽造成，这股味道似曾相识，强烈得很。对了，是股猫味。

正想转头去看的时候，发觉有人拍我肩膀。

"蔡澜，您好。"对方说。

停下来，我认出他来了。

是个叫田中的人。记得他一生热爱电影，前来求职时刚大学毕业，说什么事都肯干，给了他一份当跑腿的杂工工作。导演要在草丛中看到云雾，他便双手各抓几个烟筒，东奔西跑。镜头拍完，才发现他的手已被烫得起泡。

又有一次拍瀑布，他做男主角的替身，站在瀑布下被水冲。摄影机出了毛病，田中还是站着一动不动。几小时下来，整个人都僵了。

我们看在眼里，爱他爱得要死。

此时田中一身流浪汉装束，我脱口问道："怎么会搞到这个地步？"

田中长叹一声，说："你们走后，我也干了几年电影，升到副导演职位，但是你知道，日本电影没落，好几年没有开工，结果逼得自己去当的士司机。"

"驾的士也自由自在呀。"我说。

"嗯。"田中继续，"也遇到个女生，和她结了婚，生了一个女儿。驾的士的收入不够，她在新宿当吧女帮补家用，后来她连女儿和我都不要，跟了个黑社会人物跑了。"

"常有的故事，你女儿呢？"我问。

"放在我乡下的母亲那里寄养。"

"你自己住哪里？"

田中说："我没有家，住在玉川河的河边。事情是这样的，我老婆买过一只小猫给我女儿当宠物。她离家出走后，我赶着回老家安顿女儿，锁了门，返回东京公寓的时候，那只猫已经饿死。"

"啊！"我喊了出来。

"养了那么久的猫，也有感情。那个公寓的家哪有地方安葬？我抱着猫的尸体跑到玉川河边，想给它做个坟，结果在那里我看到很多野猫，至少有一千只，都可爱得很。就决定用些木板建间小屋，我们干电影的，布景也搭过，什么都会。从此我住在河边，至少有那一千只猫来陪伴。"田中一口气说完。

"哪来的那么多野猫？"我问。

"您知道整个东京有多少只吗?动物保护协会的统计有一百万只。为猫做绝育的手术非常贵,大家都付不起。"田中说,"要阉一只猫至少得花两万五千日元。"

我心算一下,合一千五百多块港币[1]。

"猫一到青春期,就往外跑,这是它们的天性,要禁也禁不住。生了一窝小猫之后,公寓亦养不了那么多,做主人的就拿去丢掉了。"田中说。

"那些野猫吃些什么活下去?"

"有什么吃什么。河里的鱼,草丛中的鸟。但这些食物也因污染少之又少,野猫都很瘦。我看了哭个不停,尽量白天出来拾些盒饭、剩菜回去养它们。"田中差点又掉眼泪。

"问题愈来愈严重。"我叹气。

田中沮丧地说:"动物保护协会派人抓野猫,抓回来没人领养的话,还不照样要人道毁灭?我想起我的女儿,住在她祖母那里,没有人好好看管,长大后可能被坏同学带坏,不如也让她早点'睡觉'好一点。"

"呵!"我大骂他,"你们日本人迷恋死亡的这种想法,其实是最残忍的。孩子被你们生下来,不是他们自己愿意的,但至少他们有活下去的权利,你算得了什么?你以为你是人类保护协会

---

[1] 书中出现换算之处,均是按作者写作当时汇率换算的。

的会长？要人道毁灭就人道毁灭吗？真是白痴一个！"

田中叫道："看看有什么办法解决问题？"

老实说，我也哑了。

"猫来依偎你的感觉，美妙得很，尤其是它们伸长了颈项，要你抓底下的毛的时候。"我静默了一会儿后说。

"对，对。"田中说，"我最中意看它们自己舔自己的毛，就算是流浪猫，也要把自己弄得干干净净。我向它们学习，每天跳进河里洗澡。"

"它们虽然很瘦，但是抓抓鱼、抓抓鸟，也能活下去呀！活下去，才是最重要的。要死，也要快乐过，才有资格去死。"我说，"你们认为的死，并不快乐。"

"您认为那些野猫快乐吗？"田中又起疑问。

"猫没有表情，整天瞪大了眼睛望着你，看不出它们快不快乐。"我说，"不过当它们活泼地跳来跳去、抓这抓那的时候，充满生命力，是快乐的一种表现吧。"

"但是我能快乐吗？"田中还是搞不清，"我一生一无所有。"

"你有女儿，也有猫呀！"我说，"一千只猫，你是千猫主人。谁能做到？"

"好个千猫主人！"田中自豪地说。

"别太骄傲。"我说，"它们愿意叫你当主人的时候，你才是主人。"

千猫主人终于笑了，笑得非常灿烂。走远。

我喜欢多姿多彩的生活

喇叭永田

我在东京当香港一个驻日机构的经理时,公司就在京桥附近,走几步路便是日本五大电影公司之一的大映。

大映自家有六层建筑物,大堂有个古老的铁闸的电梯,直升上去,最高一层的社长室里,坐着该公司的老板永田雅一。

永田的头前半截秃光了,只留地中海式的头发,但奇怪的是没有一根白的,乌黑发亮。当时的他已有五十几岁了。

八字形的短髭,戴着上半段是玳瑁、下半段是金丝框的眼镜,嘴中常咬着雪茄,说话唾沫横飞,这就是我对永田的印象。

作为一个日本电影人,他手下出品过黑泽明的《罗生门》,在威尼斯影展得奖;衣笠贞之助的《地狱门》,在戛纳影展得奖;沟口健二的不朽名作《雨月物语》也由他出品。

他由一个在日活片厂[1]当带街的小工做起,一直爬到大映老

---

1 即日活株式会社。

板的位置，都靠他那三寸不烂之舌，圈内人称之"喇叭永田"。

大映永田

带街只做了一个短暂的时期，冲劲十足的永田雅一很快便被升为日活公司的制片经理。

当时实力已很强的松竹公司为了要和日活"火拼"，把永田拉出来让他成立了"第一电影"，当此公司的老板。

永田热心于制片工作，支持和培植专拍艺术片的导演沟口健二，那年头每部日本片的制作费是三万日元，永田总要多花五六千日元。最后虽然拍出名片《浪华悲歌》《祇园姐妹》，但公司也被他拍倒闭了。之后，他跑去京都摄影厂当厂长，专拍古装武侠片和神怪片，受过教训之后，他对艺术电影的兴趣不大了。

片子卖钱后，他和几个股东成立了"大日本映画制作株式会社"，简称"大映"，他虽然身为社长，但做事霸道，马上就把其他投资者踢了出去。联合了明星长谷川一夫的"新演伎座"和导演黑泽明的"映画艺术协会"等组织，他又在短短的四个月里抓到实权，做回社长，占据大映，圈内人称之"大映永田"。

世界永田

大映在日本电影全盛时期的确拍了不少叫好又叫座的戏，记忆之中有《金阁寺》《键》《我两岁》《座头市》的盲侠片集和《眠狂四郎》武侠片集,等等。

扶植出来的女明星有京町子、山本富士子、若尾文子、叶顺子;男明星有市川雷藏、田宫二郎、胜新太郎以及本乡功次郎……

摄影棚分别建在东京和京都,前者拍的时装片有综艺合体的独特构图,把人物的前后分别拍得独具风格且优美,市川昆的片子便具有代表性;后者对棕的色调分析得很有层次,把榻榻米的细纹表现无遗。

永田雅一不但成为日本电影界的领导人,他还联合了中国香港的邵氏电影公司,创立亚洲影展,又企图和米高梅、迪士尼等美国公司合作拍戏。一方面引进最新的器材,另一方面拍摄《释迦》和《秦始皇帝》等巨片,对打入国际市场充满野心。

当时,他不再是"大映永田",圈内人称之"世界永田"。

田中永田

永田总喜欢多姿多彩的生活。

他是有名的马主。为什么会成为马主呢?他本来对跑马是一窍不通的,据他的下属说,他到外国去玩的时候,人家告诉他马主多名士,所以永田即刻就对跑马有了兴趣。

他是职业棒球队的主人。为什么成为棒球队的主人呢?永田本人说过,他在美国听到棒球队的主人名气比电影制作人还要响,便马上组织了一支叫"大映明星"的棒球队,还亲自带领它去美国比赛。

永田实在是个名誉狂。

名誉和权势分不了家,他的野心还扩张到政治界。

早在战后他便参加第一届的众议院议员选举,结果落选了,他不死心,卷入武州铁道的贪污阴谋里,最后差点被抓去坐牢。

永田把在大映赚来的钱花在政治基金上,和许多政治家有幕后交易,作为很像前首相田中角荣的人,圈内人称之"田中永田"。

"ONE MAN"永田

在大公司都是企业化的日本,"ONE MAN"这个名称好像已经不存在了。

永田雅一主持大映公司的时代的确非常之霸道,什么事都是他一个人决定,永远不听董事局的话。

独裁有好有坏,好在决策快,不必讨论了又讨论。永田凭直觉下重注拍戏,用的是最新的伊士曼彩色和后来的七十米厘[1]摄影制度,是在当时除了美国人之外没有其他国家敢投资的;坏的是许多计划筹备得不够严谨,而拍出多数不卖钱的戏。

到后期,他和部下开会时疯狂地自说自话,专拍他马屁的一

---

[1] "米厘"即"毫米",英文为 millimeter。

群部长会高声呼喊："谁反对永田社长讲的话，请举手！"

这么一来，他的下属都变成"YES MEN"。此为他的致命伤，导致大映破产。

"大映是他一手创立的，由他一手关门，大家也没话好说。"这是电影界的评论，圈内人称之"ONE MAN 永田"。

死人永田

大映关门之后，永田销声匿迹了一段时期，后又以独立制片人的面貌出现，拍了几部片子，其中由高仓健主演的《追捕》还像样，其他的则一塌糊涂。

永田在一九八五年十月二十四日患急性肺炎去世，享年七十九岁。

出殡时没有什么电影人来参加葬礼，并非人情薄，而是永田一生作孽不少，他在社员闹工潮时叫警察来抓人，为电影圈所不齿。他还是所谓"五社协议"的主谋者，限制公司旗下的演员拍别家机构的电影，山本富士子便是因违反了协议而被雪藏至褪色的牺牲者。

虽然《罗生门》是他拍的，但他看试片时咒骂说不知所云，得奖后才大赞。《雨月物语》《地狱门》等是不朽之作，后人记得的只是导演，谁知制片是哪个？永田是有远见的人，早在四十年前，他主张不同时上映两部片子，应集中人力物力去拍一部有水平的电影，但是这已被人遗忘。现在提起他，圈内人只称之"死人永田"。

何当共饮一杯酒

一九八三年,香港电影金像奖请大岛渚做颁奖嘉宾,我当翻译。

到了机场,记者们只收到一份主办方对此届金像奖的新闻稿,而对特别请来的国际著名导演没有一点资料,我即刻将我所知的关于大岛渚的过去作品与未来计划详细地向大家报告。

大岛抵埠后进入记者室,我将问题一一翻译。至少,说得上词能达意。记者们和大岛渚有了交流。

随即,亚洲电视有一个访问节目,叫什么名字我忘记了,他们要我帮忙当翻译,这事没有在计划之内,我也当成额外花红,欣然答应。

编导对大岛的背景很熟悉,问题又有重点,我们很快做完了这个节目。

在往酒店途中的车上,大岛告诉我:"这年轻人的发问,知识底子不薄,我感到高兴。希望能够和他多谈。"

酒店的会议室里,舒淇、金炳兴、黎杰、高思雅、徐克、刘成汉、李焯桃等围着大岛，讨论了许多关于电影创作的过程，以及导演们共有的难题，气氛融洽。

电梯里，大岛说："你看，中国香港的电影人多年轻，我很妒忌，或者说，我很羡慕他们。"

再赶到会堂，我们刚到现场，便被引入贵宾室的鸡尾酒会中，大岛和我皆好杯中物，虽然只有水果酒，但口渴了半天，也已垂涎。正要冲前牛饮，却有人拉我们去彩排。

我即刻很严肃地向大岛说："工作要紧！"

日本人最听得进去这句话，大岛马上大点其头，嗨嗨有声。

大岛紧张地问："编导要我做什么？"

我说："工作人员自然会告诉我们，请你不用着急。"

被带到后台，一位貌美可亲的小姐把流程说清楚，又叫大岛等门一开，就走下去。

看到那倾斜度很高的塑料阶梯，大岛心里发毛，转头对着我说："是不是大丈夫？是不是大丈夫？"

"大丈夫"的日文意思和中国话差得很远，意为："不要紧吧？不要紧吧？"

我说："当然大丈夫，我们拍外景什么山都爬过，这点小意思大丈夫。"

大岛觉得有理，又大点其头，嗨嗨有声。

工作人员叫我们看着指示荧光幕，出现什么片段，就叫出提名者是什么公司出品。大岛说中国片名读不出，又没有看过大

039

部分的片子，嘱咐我喊提名，我一想也有理，但坚持要他读出得奖者名。

他说："我不知道是哪一部得奖，到时看了三四个汉字，也很难念。"

"讲英语好了，看到第一个字是'投'，就用英语叫 $Boat$ $People$。"我说。

"你怎么知道一定是它？"大岛问。

"这部片子不得奖天公就没有眼睛，相信我，我的猜测不会有差错！"我回答说，"不然，就赌五块。"

大岛心算，五块钱港币还不到二百日元，便懒得睬我。

老友倪匡和黄霑相继来到，又有美女钟楚红助阵，相谈甚欢，大岛神态安详，是我所见过的最有风度的日本导演之一。

第一个出场的是陈立品，我把她的功绩说明，大岛渚很赞赏大会的安排，认为品位很高，大力鼓掌。

慢慢地，他开始打呵欠。我在担心如何提高他的兴趣的时候，忽然，一阵香味传来。

追溯来源，原来是坐在我们后一排的倪匡兄打开了他的三号白兰地，正在猛饮。

我向他瞪了一眼，倪匡兄只好慷慨地把瓶子递过来，我也识趣，只饮了一小口，然后向大岛示意。

"道貌岸然"的大岛一手将瓶子抢过去，大口吞下，速度惊人。

倪匡兄看了大笑，要我翻译道："喝酒的人，必是好人！"

大岛即又点头嗨嗨。

跟着看了一会儿，大岛的眼皮开始有一点重了。他转过头去，不管倪匡兄会不会日语，说："我上一部戏《圣诞快乐，劳伦斯先生》（Merry Christmas, Mr.Lawrence）的编剧也好此道。我们两人一早工作，桌上一定摆一瓶酒。到了傍晚，大家都笑个不停。我相信到香港来写剧本的时候，一定会和你合作愉快！"

我把他的话翻译给倪匡兄听，他也学大岛点头，嗨嗨不迭。

轮到我们上台，在等门打开的时候，我建议："不如你把要讲的话说一遍，让我们先对一对，好不好？"

"好。我说：这是我第二次来香港，亲眼见到了香港的繁荣。香港电影的工作者都很年轻，我看到一股强烈的朝气，愿这届金像奖能带给大家更多的鼓励！"

我自己在心中翻译一遍，点头嗨嗨。

出场后，大岛一开口，全不对版，尤其后来他看到果然是《投奔怒海》，大为兴奋，直赞许鞍华，给我来一个措手不及。

好家伙，既来之，则安之，我也兵来将挡地翻译一番，好在没有大错。

散场后，主办人安排我们去高级餐馆吃饭，由李焯桃兄陪伴。

我们抵达时还能够在电视上看到颁奖典礼的最后一段。大岛说："噢，原来不是直播，时间比现场慢，这样太好了，编导有充分的时间将闷场的地方剪去，我们日本的电视节目很少有这种机会,都是现场立刻转播。"

同桌的有许鞍华、徐克、施南生和岑建勋等,以及《亚洲周刊》的两位记者。

施南生坐在大岛的旁边,大家都知道她幽默感强,是位开心果。

不出所料,她的讲话引得大岛一直哈哈大笑。

我心想你等会儿试试施南生的酒量,才更知道她是女人中的豪杰。

果然,施小姐开始她的猛烈攻击,不停地敬酒,但是大岛一杯又一杯,点头嗨嗨,没有醉意。

有人问大岛是不是头一趟来中国香港,他开怀地说:"第二次了。一九六五年来过,当时计划去越南拍一部纪录片,只能在这里等签证,住了一个礼拜。当时战争正如火如荼,不知道去了有没有命回来,就先享受一番,每晚在酒店中锯牛扒!"

我们都不相信:"只是锯牛扒那么简单?"

大岛又畅笑。

饭局完毕,直驱东方好莱坞明星舞会。

主办者在那儿开派对欢迎我们。大岛初尝特其拉,很感兴趣,喝了多杯。

当晚,大岛很清醒地说要早走,我送他到旅馆。

他再三地道谢,对我说:"蔡澜,以后你在日本颁奖,由我来做翻译!"

我们大乐而别。

牛次郎的生意

我一生之中有好几个和尚朋友，印象最深刻的应该是牛次郎了。日本和尚多数是娶老婆的，牛次郎也不例外，他除了老婆之外，还有许多女朋友。

认识牛次郎，是当年我策划过拍一部《满汉全席》的片子，和日本NHK电视台合作的。写剧本的人选，我第一个想到的便是他。

牛次郎多才多艺，不念经的时候他便写小说、散文和舞台剧剧本，他的著作改编成漫画《包丁人味平》，脍炙人口。"包丁人"便是"伙头大将军"的意思，里面种种关于吃的材料，不是欣赏各类美食的人写不出。当然，日本和尚也是吃荤的。

第一次见面是在东京的帝国酒店，牛次郎驾乘他的奔驰车来到，请我吃天妇罗。

牛次郎长得又瘦又小，戴个圆框眼镜，一个平头，留着短髭，牙齿略有烟渍。

"你是一个真正的和尚吗？"我单刀直入。

牛次郎摸着他的头，笑着说："日本和尚是父传子、子传孙的，我生长在和尚世家。"

"你的庙呢？"

"在热海附近，几时请你来坐坐。"

"谢谢你专程来东京见我。"我客气地说。

"不，不。"牛次郎说，"我在东京有个办事处，每个星期往返两三次。"

"办事处？"

"其实也不是个真正的办事处，是用来写稿的地方。"

日本有名气的作家就有这一点好处，在周刊的连载，不到最后一分钟不交稿，杂志社怕作家脱期，就派一个小职员去他家里等，通常派去的都是女职员。

牛次郎好像猜到我的心思，尴尬地说："我的名誉不好，派来的是个男职员。"

当晚，我们天南海北，无所不谈。牛次郎对中国文学认知的丰富，并不逊于一般年轻人。

之后，我们常见面，成为朋友。

牛次郎约我去他热海的庙，要用车子送我去。我说日本到处行得通，自己找上门好了。

终于有一日到访牛次郎的庙，地方比我想象中大得多，约有两万平方英尺[1],背山面水,遥望有活火山的大岛,风景优美得很,穿过幽静的庭园便到他的住宅。

打开酒柜,数不清的种类,我们狂饮起来。

"来来来,我知道你也喜欢篆刻,给你看一件好东西。"牛次郎拉着我走进他的书房。

有如一间小型图书馆,中间摆着一台奇妙的机器。

"我这个人没有耐性。"牛次郎摸着头,"对于图章,我只喜欢布局,不肯花工夫去刻。"

原来这台机器由一个精巧的电脑控制,只需把印石夹好,再将印文输入,一按按钮,刻刀便自动行走,飞沙走石,很快便把一颗图章刻好。

"我要是去抢图章店的生意,他们一定破产。"牛次郎又摸头,一脸嬉笑,"不过,这台东西花了我几百万日元。"

"你写那么多稿,也不在乎这些。"我说。

"单单稿费哪够我花!"牛次郎大叫,"我是个二世祖,玩起来没完没了。"

"你可以做回老本行,做法事呀!"我嘲笑。

"唉!"牛次郎叹了一口气,"现代人的后代,已不肯花那么多钱替死人念经了。"

---

1 合一千八百多平方米。

我也默然。

"不过，"牛次郎摸头想起什么又乐了，"我有新的生意，我带你去看看我另外一个玩具！"

穿过他的庙宇，我们走到庙后的一间建筑物。哇！是个火葬场。

他指着那个小型焚化炉，叫道："就是这个东西！"

"烧死人小不小？"我问。

"谁说是烧人？是用来烧猫、烧狗的。"

"烧猫烧狗？"

"是的。"牛次郎滔滔不绝，"热海这一带是名胜区，尽是些有钱人的别墅，他们的子女一长大，都不和他们一起生活。老人孤单，便养猫、养狗来做伴。我在路上散步见到了，灵机一动：猫狗一定比人短命，既然有了感情，便会好好地安葬它们。所以我就订造了这个焚化炉，专替猫狗火葬。别小看它，烧一次二十万日元，要念经的话多五万，如果立墓碑，另卖十万，加起来不是个小数目，而且生意兴隆，做法事还得排队呢。老人花起钱来，比他们的儿子替他们办后事慷慨得多！"

"亲爱的，天凉了，多穿一件衣服。"牛次郎的妻子面貌慈祥，身材略胖。

"啰唆些什么！"牛次郎大喝，"再啰唆把你也塞进去烧！"

牛次郎妻子的表情忽然转成狰狞，要用拳头击其脑，吓得他落荒而逃。

不能完全做自己喜欢的事，就尽量避免做厌倦的事

元在东京出世，后跟着全家搬到北平。日本人战败后，因为他家是平民而由天津撤退，一路上乘的是马车。家人都疲惫不堪，道路崎岖，两岁的元由车上跌下，他父母还不晓得。

两个小时后发觉，赶回去找，见元被中国农民抱在怀里，称赞他眼睛大、可爱，送还给他父母。

这个故事，元的双亲一直要我说给其他中国人听，要大家知道他们欠中国人的实在太多。对于教科书事件，元说日本最后会更正，但是那群腐败的政治家却永不悔改，日本人战败后没有举行人民公审战犯，是个大错。

他从中学时代开始一直写诗，至今未停，诗人总有发表欲，如得不到出版商赏识唯有自印，出版一册一千本的诗集，要两万五千元港币。

他写了两本，都是用来送朋友，一册也卖不出去。

身材高大的元，喜欢穿传统和服、戴眼镜、留胡须，样子

英俊。

他清醒时常朗诵唐诗宋词，喝了酒却没有风度。

一次，大醉之后，他深夜独自闯入戒备森严的中央邮政局的汇款部。隔日守卫发现他坐在一堆现款信件上吹口琴。钱一分也没少，警察不知道告他哪一条罪，法官听后也笑着轻判了事。

酒喝得越来越凶，他家住三楼，有一次他酒醉后飞跃而下，入院住了三个月，腰骨断了总算医好，但是脚却跛了。

渐渐地，元由愤怒青年进入中年，他虽然向环境屈服，做了一家小广告公司的老板，但精神上还是不停地反抗。他的广告多是介绍乡下的小旅馆和食品店，故客户一定要拿最好的东西给他尝试。他由西至北，享受全国的美味，他说人生不能完全做自己喜欢的事，但是自己所厌倦的事倒是要尽量避免去做。

几个月前，他在旅途中醉酒后驾车失事。

摔下数百尺的悬崖，车子粉碎，他却平安无事地跑回乡下旅馆去睡大觉。警方由车牌找到他太太，说找不到她丈夫。他太太也是妙人一个，一点也不紧张，知道他会无事，照样倒头大睡。

希望是一种不可思议的药

日本女人,昔日有"大和抚子"之称,是说她们的小腿生得像两根萝卜,腰长,屁股不相称地肿大,"丑死人"的意思。

尤其是在第二次世界大战之后,日本女人在战败的混乱时期,更觉自信丧失。

这时候,日本出现了一个叫伊东绢子的女人,时装模特出身,会穿高跟鞋,走路也没有向内的八字脚,身高一百六十四厘米,三围是八十六、五十六和九十二。日本人创了个新名词,称伊东绢子为"八头美人"。

伊东跟着去参加美国长堤举办的第二届世界小姐竞选。上一次被派去的一个叫小岛日的女子,让人家批评得一文不值,但是伊东一登场,即刻吸引各国的评判员,在四十多个国家的美女中被选为第三名。

回日本后,她先当了几部电影的女主角,再跑去法国学服装设计,重返东京后开时装店,又投资各种企业,变成一个女强人。

后来,她嫁了一个比她小六岁的外交官,丈夫退休后在百货公司任职。

伊东说:"希望,是一种不可思议的药,我现在只不过是一个家庭主妇,但是我从前的确医好了不少日本女人的伤心。"

只愿无事常相见

另一个日本朋友的故事。

他为了正义，和警方冲突被捕入狱。出来后，死性不改，又跟人打了起来，虽然被保释，但是我们都认为当法庭审判时，他是没有机会赢的。一天，几个同学沽了清酒，高歌一曲相送，他感动得流泪。后来到了法庭，法官说证据不足，把他放了。这可糟糕，他花了我们那么多钱，真是惭愧得要命，结果躲了起来，几年了还是不敢见我们这些"江东父老"。

一天经过一家面摊看见他，赶紧揪住他，追问他这几年是怎么过的。他叹了一口气说："有了坐牢的案底，谁敢来请我去做正经事？有一天走过一家银行，看见那夜间存款处的旁边有一个空位，就知道怎么办了。我叫一个做熔铁艺术的朋友替我做了一个与夜间存款处一模一样的保险箱，租了一辆货车挡住视线，把假保险箱安装在真的保险箱旁边，然后把'机器坏了'的纸条贴在真保险箱外，再把货车驾走。晚上来存款的人就把钱投入我那个宝贝里啦……"

"放钱进去要有收条呀！"我说。

"自动收据发还器我当然也准备好啦。"

"后来呢？"我急着问。

他摇头说："只算错了一点。当晚是星期六，太多人来存款，结果我那假的保险箱铁皮太薄，被钱挤肿了，我刚要去拿钱，已经有人发现不对劲去报警，我只好溜之大吉了。"

"后来这几年的生活费呢？"

他说："政府有一台自动贩卖机，是卖马票的，赛马之前，只要你放钱进去，那机器便按你要的号码和场数吐出一张票子，马胜出了你就可以凭票去拿钱。一天晚上，我和我的哥哥、弟弟租了辆车把那机器搬回了家，取出收据，然后第二天看哪一匹马赢了就把号码印上去，再去领现款。我每次领得不多，政府一算，要改全国自动贩卖机的印刷费，比我要领取的最高数目还要多几百倍，也懒得到处去抓人。你不要为我担心，我再活几年也没有问题。拜拜。"

如今你我相遇，必呼吾垂垂老矣

收到一份画展小册子，原来是老友三上陆男从上海寄来的。翻内页有一幅画家的自画像，大胡子，头尚未秃，夹在信件中写着："如今你我相遇，必呼吾垂垂老矣。"

三上和我认识三十多年了。那时候，他是一个英俊小伙子，他当电影的美术指导，我是监制，我们在一起拍了好几部戏，都是商业片，没什么好谈，但过程是愉快的。

其中一部在台湾拍外景，三上遇到一位美丽的少女。其实所有日本工作人员都遇到过美丽的少女，只有纯情的三上，和少女结了婚。

过了几年，我再聘请他来中国香港拍戏，他已经是两个孩子的父亲了，大概是混血的关系，儿子们眼睛都大大的，长得很可爱，我们住同一个宿舍，他的家人常来这里吃饭。

三上爱上香港，有不肯回东京之意，但当年日本的特摄电视剧集大行其道，什么《咸蛋超人》等，拍得不亦乐乎。三上看准这个机会，在东京开了家工厂，专做怪兽的造型和服装，要知道，每个星期一集的超人之中，一个超人要打倒好几只怪兽，生意怎么会不好？

　　流行几年后就过时了，三上终于可以买一栋楼，又用剩余的钱开家小酒吧，炒小菜招呼客人，渐渐做出名堂，调布市的住客，没有一个不知道这家叫"台湾妈妈"的店铺。孩子们长大后，听说有一个在深圳的旅游界工作，他们夫妇常来探望，顺道去了上海一趟，太太回日本去，三上就留了下来。

　　退休后的他，生活简单，每天画画，想不到很有成果，今年十一月四日至八日在虹桥开发区上海世贸商城四楼开画展，我不能赶过去，请上海的朋友替我送了一个花篮。

　　记得我们一起喝酒的年轻时日，常开他的玩笑："你的名字叫陆男，注定你住大陆，成为大陆男人。"

如果知道如何止损，包括恋爱

"吃饭的地方附近，有没有波子机打？"日本旅行团的一对夫妇问我。

"你们说的是Pachinko[1]？"我说。

他们点点头。

波子机我年轻时也玩过，一粒粒发亮的铁珠，左手塞进机器，右手按着手掣弹出去，瞄准了角度便进洞，跟着稀里哗啦地掉出数十粒，愈进愈多，几百到几千粒波子，可以拿去换礼物。拿了礼物，再到后巷中换钱，是一种变相的赌博。

"应该有，"我说，"不过商业街中愈来愈少了。"

"为什么？"他们问，"这种游戏应该永远不会衰退才对。"

"都搬到乡下去了，郊外有一家巨型的波子机店，建到七八层高，停车场可以停几百辆车，二十四小时营业，让客人安心地打个

---

[1] Pachinko，弹球盘，指日本一种赌博游戏。

痛快。"我解释,"不过新的机器不谈技术,自动地替你打,已没从前的好玩。"

饭后散步,带他们找到一家波子机店,这对夫妇看见了立刻欢呼。

"你们上去打,一定大赢。"我说。

"你怎么知道?"

我笑而不语。

赌博这件事总要让大家赢一次才会上瘾。它还有一个很强烈的诱人因素,那就是愈输愈勇,人类的个性是不言败的。

第二天遇到他们,垂头丧气。

"怎么,输了?"我问。

他们的表情即刻一振:"今晚再博!"

换一个角度来看,花几十几百去买一个美梦,也不是坏事,只要大家知道什么时候停止。

我们都不知道什么时候停止,包括恋爱,非常伤身。不知道什么时候停止,吃白饭也会吃死人。知道怎么停止,我们就不是人,就成仙了。

不断地竞争，头脑会更灵活

日本人最崇拜的偶像金婆婆、银婆婆，相继在一百零八岁去世。

大家都在研究她们每天到底吃些什么。原来是：

早餐：烤紫菜、灼菠菜、面豉汤、日本茶，米饭吃一点点，或不吃。

中餐：烤鱼、鳠鱼刺身、腌青瓜、米饭和日本茶。

晚餐：红烧左口鱼、刺身、煎汉堡、薯仔沙律、海带面豉汤、米饭和日本茶。

有时孙儿和曾孙会买一些肯德基店的炸鸡给她们当零食，可见她们的牙口还不错。

姐姐金婆婆拥有天真烂漫的个性，天塌下来当被盖；妹妹就比较冷静，常常指点姐姐做这个、做那个，她也喜欢批评政治，宫泽喜一当首相的时候，她曾经公开表示："这个人不可以相信，一脸狐狸相，笑也不像笑，把国民当成傻瓜！"

一个叫绫野的作家跟随金婆婆、银婆婆多年，他认为两姐妹存着很深的竞争心理,这也许是长寿的秘诀,不断地竞争,头脑会更灵活。

其实想竞争的只有妹妹银婆婆,姐姐金婆婆才不管那么多。史努比经常一边跳舞一边说:"一百年后又有什么分别!"

金婆婆会说一百零八年后,也没分别。

金婆婆先走了,自此以后银婆婆就没什么活下去的斗志,常说:"家姐不知道去了哪里?我很怕。"

她手上拿着念珠,有时会钻进被单里大哭:"走了算数,走了算数!"

银婆婆也去世了,她的家属把遗体捐赠给医院解剖,来研究长寿的原因,结果也是普通病死。

大家都以为老了就死了。其实世上并没有为"老死"这个原因而死的。一般都是有病,像心脏、气管、大脑等生了病才死去。区别是死的时候,安详不安详罢了。

第二章 而我为了尽兴

小津安二郎：淡是最浓的人生滋味

台湾一个朋友，采集日本导演小津安二郎的所有数据，翻译了数万字的原稿，但是没有人肯出版。大家只认识黑泽明、大岛渚，对小津一点兴趣也没有。

其实大岛渚等人的作品，虽是日本产，但像铁板烧，已有洋式加工。如果真正要尝汤豆腐等纯日本风味，还是在小津和沟口健二的电影中才能找到。

小津常把同一类型或同一故事的戏拍几次，故事不断地说一个老头和爱女生活在一起，女儿有了男朋友，父亲起先反对，最后无可奈何地把女儿嫁出去。回到家，一个人寂寞地坐在榻榻米上。

榻榻米是小津最喜欢的生活布景，他认为日本人的生活方式一贯是坐着，所以他以低角度拍摄。日本电影史上，第一个把天花板也搭进布景中的导演便是小津了，这是事实。传说是，他的摄影师患上了严重的胃寒症，因为小津不断地用低角度拍摄，摄影师一定要趴在地上，日子一久，便生出毛病。

对淡入、浅出、溶化等拍摄手法，小津极不喜欢。早在一九三〇年，他已不用。他说："这些技巧没有趣味，不是电影语言的文法，不外乎是一种表达方式，没什么了不起。"

他也不相信蒙太奇和爆炸性的构图，但从他平静的镜头中，我们是可以看到画面的优美和淡淡的趣味的。

对白是他很重视的一环，许多影评人把严肃的文学作品来和他的对白作比较。其实，他只不过是完全自然抒发而无烟火味道罢了。

打仗的时候，军阀们命令他拍一些片子，小津并没有照做，可见他是一个有骨气的人。他作品中从不说政治，又避免任何极端的倾向，像坐在榻榻米上喝米酒一样安详。

人家活一世，我好像活了两世

为了拍《霹雳火》那部电影的一场赛车，我到日本的下关去看外景。

这地方乡下得不能再乡下了。唯一值得一游的，是它盛产鸡泡鱼（河豚）。

一大早，海边的菜市场中便有河豚出售，是渔夫们一船船运到这个港口来的。

我看到了一个熟悉的背影，绝对错不了，那是我的老同学佐藤。

佐藤在十多年前"人间蒸发"——这是日本的名词，说"一个人忽然间无影无踪，不见了"的意思。

真想不到能与他重逢，我大叫一声："佐藤。"

他愕然地回首，看到我，用手指在嘴边嘘了一下，打眼神要我和他一起走开，其他的渔夫，都用奇怪的目光看着我这个陌生人。

"别叫我的名字。"他说，"我在这里，他们都以为我姓新井。"

我们走进一家小酒吧,普通人的清早,是渔夫们的深夜,有家酒吧,专做他们的生意。

"你为了什么人间蒸发的?"我问。

"唉!"他长叹了一声,"为了一瓶药丸。"

"药丸?"

"是的,"他说,"我有胃病,随时要吃药。"

"那又和你离家出走有什么关系?"

"你听我说。我的太太叫美香,你也认识。"

美香,我想起来了,她是我们学校的校花,多少人想追也追不到,想不到嫁给佐藤这家伙。

"你很幸运。"

佐藤不出声了一阵子,然后说:"无论多么美丽的女人,结了婚,都会变的。"

"她对你不忠?"

"不是,她是个贤淑的女人。不过,她太小心眼了。"

"所有的女人都是这样的,这是她们的天性。"

"我也知道,所以我一直忍着。"佐藤说,"毕业之后,我考进电通公司,负责拍广告,算是有福,步步高升,后来还当上部长。"

"哇,在那么一个大机构,做部长可是不容易的。"

"收入也不错,但是当我想花点钱的时候,我老婆总是说:'老了之后怎么办?'我说有医疗保险,有退休金呀。但我老婆说：'怎么够？'"

"你们日本人不都是大男子主义吗？"我问。

"我骂她一次，她听一次；骂她两次，她听两次。但是女人的唠叨，是以百次千次亿次计算的。日本历史上的大将军，多少错误的决定，都是他们老婆的唠叨造成的。"

"避免不了的事，就投降呀。"我说。

"太疲倦了，我当然投降。投降之后，无奈极了。她一步一步地侵蚀我的思想，我每次多点一点酱油，她就警告说对腰不好，我想多吃几个蛋，又说胆固醇太高。"佐藤摇头。

"一切都是为你好呀！"

"是好，一切都为我好。我太好了，太安定了，太健康了。家也不像一个家。不对，我说错了。像一个家，像一个她的家，不是我的家。先由客厅着手，面纸盒要用一个织花的布包着，一切都是以她的喜好为主，变成娘娘腔的，卧房当然女性化，连我的书房，也变成她的贮衣室。"

我听得有点不耐烦："你说那么多，还没有说到关键性的那瓶药丸。"

"我刚刚要说到那瓶药丸。"佐藤叫了出来，"我把药放在餐桌上，随手可以拿来服用。第一天，她就把瓶子收拾回药柜里。我说：我知道你爱整齐，但是这瓶药，我想放在这里，随时可以吃，好不好？征求她的同意，她点点头，拿出来后，第二天，又收回去。这次我不睬她，自己放在餐桌上。第二天，她再次收进药柜。我大发脾气，把餐桌上的东西都摔在地上。第二天，她将一切收拾好，当然包括我那瓶胃药。"

"那你就再也不回头地走了？"我问。

佐藤点头："她还以为我外头有女人。我年轻时什么女朋友没有交过？我绝对不是一个临老入花丛的男人。她太不了解我了。我把一切钱银都留给她，算是对得起她，从此，我从她的生命中消失。"

"她没有试过找你吗？"

"日本那么大，我一个地方都住不上一两个月，她到哪里去找？日本住不下，我就往国外跑。我现在学做渔夫，捕捕鱼，日子过得快活，是另外一种人生了。人家活一世，我好像有活了两世的感觉。是的，我很自私，人一生下来就是孤单的，自私对孤单的人来说，没有错。"

"不喜欢的话，离婚好了，也可以有第二个人生呀，何必搞人间蒸发？"

"你不会明白的，女人是不会放过你的。"佐藤说完，把酒干了。他没有留地址给我，因为他知道，他妻子终有一天会找到我的。

"要是她有一天出现在你眼前呢？"我追上去问，"你会说什么？"

"以其人之道还治其人之身，我会对她说：'一切都是为你好！'"

三船敏郎：敬业爱业

见三船敏郎几次，都是在什么日本电影界派对中，或在欧洲的影展，人多，谈不到几句。这次他来中国香港主持黑泽明回顾展，由香港的日本总领事请吃饭。

三船的个子相当矮小，在银幕上，侠客看起来总是高大，这只是一个幻觉。他当年六十七岁，但头发没有光秃，染黑了之后，虽然稀薄，但看起来，要是他冒充五十七岁，也有人相信。三船嗜酒在电影界向来是出了名的。有一次他从欧洲回来，在飞机上喝醉了，要殴打记者。与石原裕次郎的公司合作了《黑部的太阳》，两人吵个不停，虽然同住一区，但是互不往来。一晚，三船借酒意拿了管猎枪跑到石原的家，吵着要把他一枪打死，这都是众人皆知的事。

当晚三船的酒喝得很少，一方面是还要上《欢乐今宵》接受访问，另一方面是在总领事面前不能太过放肆，这也可以看出他做人的严谨。还有，他每次夹完菜，必把筷子排得整整齐齐。侍者把菜分好，他也一定将面前的食物吃得干干净净，像个典型的老派日本人。

印象最深刻的，是他和银幕上的人物一样，总是不笑。

"你为什么总是那么严肃呢？"有人问他。

"我也不知道。"三船还是绷着脸回答，"我也只是个普通人，像你一样都喜欢笑，就是奇怪大家却对我有这种印象。"

"你扮过明治天皇，又演过山本五十六将军，这些角色要是整天嬉皮笑脸就没有说服力了。"席中一位日本人客气地说。

给人"戴高帽"的话，听起来总是舒服，三船终于露出牙齿："是呀，好像一有不笑的人物都叫我来演，戏做久了，就像传染病一样弄得笑不出来了。"

"你演过的宫本武藏，得过奥斯卡金像奖最佳外语片奖。"

"对，你自己公司拍的《夺命剑》也得过奖。"

"加州大学也给你学位。"

大家七嘴八舌地捧场，三船有点尴尬但高兴地说："是吗？我自己也记不得了。"

"你从影的百部影片中，哪一部是你最喜欢的？"

三船坦白地回答："每一部都拼命去演，很难说最喜欢哪一部。不过有一点是确实的，那就是不一定想去看，反正已经尽了力，有些错误已经不能挽回，就让它去吧。"

"你和黑泽明的关系呢？"我问，"拍《蜘蛛巢城》时，黑泽明叫全国有名的弓箭手用真箭射你，后来你知道了大发脾气，是影坛'佳话'。"

"那家伙！"三船回忆后又露出一点微笑，"黑泽明是一个电影导演，不过是任何方面他都比别人认真罢了，但是，我们当演员的不是木偶，不能由他说什么我们就做什么。黑泽明在拍戏之前一定把他对角色的要求告诉我，我按他的指示把自己发挥到顶点，他就不大约束我。"

"他从来没有骂过你吗？"我单刀直入地问。

"没有。但是，起初和他合作，他常提醒我说：'喂，你个人都走出镜头之外了！'"三船说完哧哧地笑。

虽然黑泽明没有骂过他，不过他说三船走出了镜位，显然在批评他的动作太大。早期的三船常跳来跳去，他也曾经一度考虑过拍《西游记》，自己演孙悟空。

"在《武士勤王记》（即《战国英豪》）一片中，你双手持刀，不抓缰绳骑马杀敌的镜头实在难演。"有人说。

"是的，但是我摔得屁股开花，没有人知道。"三船又笑。

的确，像他这种敬业爱业的演员，天底下找不到几个。其实他也爱笑，他只是一个普通人。

女人，要多读书、多旅行

友人徐胜鹤拿了一本我谈旅行的书，要我签名送给一个日本女人。

"她是干什么的？"我问。

胜鹤兄说："是一个以前在免税店做事的朋友，也当过我公司的导游。三十年前，她从横滨乘船出国，当年有两艘法国邮轮——'越南'号和'柬埔寨'号穿梭东南亚。"

"我记得。"我说，"我也是从香港乘'越南'号经神户到东京的。"

"她反方向地从日本出发，本来准备经新加坡、西贡再到法国马赛的。船到了香港，停在海运码头三天，她下船到弥敦道上的金冠酒楼吃了一顿饭，即刻对中国的美食产生了兴趣。饭后散步到加连威老道的水果摊，看到一粒大杧果，她从来没有见过，便掏出一堆钞票给卖水果的阿婆选出几张。阿婆见她信得过人，教她怎么剥皮吃杧果。这一下子可好，她大喊天下竟有如此的美味！就那么弃船，连法国也不去了，住在香港，一住就住了三十年。"胜鹤兄一口气将整件事告诉我。

听完,我对这个女人大感兴趣,请胜鹤兄约她星期五在尖东的东海酒楼饮茶。

一位端庄贤淑的太太准时出现,自我介绍后坐下。

我开门见山地问:"三十年前日本人出国的并不多,你怎么会单身去旅行的?"

"因为失恋。"她斩钉截铁地回答得清清楚楚,"我爱了他那么多年,怎么会想到他拒绝了我,真是一个很大的打击。"

"为什么选择法国?"

"当年日本人都羡慕法国人的浪漫,一提到旅行,第一个想到的就是巴黎。"她解释。

食物开始上桌,我请客,叫了很多东西,当然有虾饺、烧卖、排骨、腊味饭和例汤,等等。

见她将凤爪细嚼,鸭舌头也吃得津津有味。看人家吃东西,真开心。

"在日本哪有这么多东西吃。"她说,"一碗面豉汤,下点豆腐或者蚬仔,已经算是很丰富了,我到现在也不明白他们为什么把面豉汤当宝。"

"自己会做菜吗?"我问。

"岂止做菜,我还会煲汤呢。"她自豪地说,"用响螺头,煲杞子淮山,加只老鸡,不知道多甜!那些汤渣我本来都吃光的,但是我老公家人说只要喝汤就行,响螺头肉切成小片去喂猫,多可惜！"

"你很例外，有些日本人什么都不敢吃，鸡脚、鸭舌，他们认为是下等物。"我说。

"那是因为他们又穷又自卑。"她说，"人一穷，只吃几样东西，其他的没机会试，当然不敢吃，反过来就轻视吃的人，那是自卑感变成自大狂。"

"你多吃点。"我夹菜给她。

"日本男人哪肯这么做。"她道谢后说，"女人也好不到哪去，平时省吃俭用，买皮包就一点也不吝啬，不是Chanel就是LV，门面功夫做得十足。"

"最近有没有回去过？"

"前几个月回去了一趟，也没有听到亲戚朋友们提起吃一顿便饭。谁稀罕那些吃来吃去都是那几样东西的日本菜呢？"她愈讲愈生气，"我住了三天就想回来，到最后还是我老公劝我多留一个礼拜。"

"什么国家，都有一些好人、一些坏人吧？"我说。

"是的，也有一些好人，不过一般人都很假。拼命鞠躬，都不是出自真心真意。"日本人说日本人的坏话，说个不停，真是个活宝。

"先生呢？"我问，"是广东人？"

"嗯，当然不嫁日本人。"她说，"其实也不是正式的老公，同居罢了，单身女人来到香港，要留下也不容易，后来经朋友介绍，和一个香港人假结婚，离婚手续办了三年，烦都烦死我了，还结什么婚呢？现在这个男人有子女，我当他们是自己生的，还帮忙抱孙呢。"

"几十年一下子就过去了，真快。"我也感叹。

"真快。"她说，"想到那粒杧果，像昨天的事，金冠酒楼的菜真不错，现在的厨房做不出了。那家餐厅还铺了地毯，日本平民化的地方哪有那么好的装修。还有经过海防道时，当年有一排排的大排档，看到客人坐在长凳的小椅上，纳闷怎么不会跌下来？我也挤上去吃。苦力们看到一个年轻女人肯和他们一起吃，也都来和我聊天，那种感觉，真好。"

看她现在的样子，可见当年也是一个大美人。我问："人生走了这么一大段路，最好的是什么？"

"最好的肯定是旅行。"她回答，"我最爱看的就是你的旅行节目。"

"那个抛弃你的男人，还有没有见过？"我问。

她笑了："来香港几年后，我专程回过日本一趟，约他出来喝杯咖啡，我看到他的领带结上面有油渍，他穿的鞋子，鞋跟磨掉了一边。我高兴得叫了出来，幸好没有嫁给他！要是我不出来旅行，我就永远看不出他的缺点，也永远看不到自己的缺点，你说旅行有多好！"

工作就得活到老做到老

当团友打球时,我乘出租车返回市区,的士大佬阴声阴气,原来是个短发的女司机。买完手信后乘车去吃饭,驾的士的也是个女司机。第三天,又碰上一名,年纪轻轻,还有三分姿色。

"北海道女司机真多。"我打开话匣子。

"嗯,"对方回答,"好过待在家里。"

"要不要考证?"

"一般的测验,并不严格。"她说。

"认路难吗?"

"札幌和其他日本都市比较,相对是新建设的。道路分东西南北大道,像个豆腐块,认起来没问题。"

"收入好吗?"

"我们是替大的士机构打工的,有没有客人不必去管,月薪还过得去,好过靠丈夫。一依靠男人,男人就作威作福。"她说,"我有个姐姐,一生从未做过事,只懂得嫁人、生儿育女、管家,和她一比,我幸福得多。"

"遇到客人叫你带他们去寻花问柳，怎么办？"

"我也像男司机一样，把他们带到红灯区去，这种事没什么怕不怕的，反正到了店铺，也拿到回扣，增加点收入。"

"最困难的是什么？"

"遇到酒醉的人。"她说，"一上车就毛手毛脚，或者呼呼大睡，怎么叫都叫不醒。"

"用手推他们呀！"

"千万不可以那么做，推他们或扶他们的话，万一他们身上的财物不见了，就赖你。"她说，"只有一种办法对付：把他们送到警察局去。他们醒后生气我才不理，这种客人不会再遇到第二次的。我从来没有后悔过做的士司机，活到老做到老，做到公司强迫我退休为止。"

女大将：亲手劳作，专注生活

女大将

汤原温泉，被选为露天温泉之横纲，"横纲"即"冠军"的意思。女大将，也就是老板娘，与我私交甚笃，样子比年轻时的朱茵好看，每次见面，都是一种喜悦。

有些团友一下车，就迫不及待地跑到旅馆前的男女共浴池泡，虽说是酷暑，泉水又热，但是面对着清澈见底的小溪，又有一阵阵凉风吹来，心旷神怡。

怕羞的在旅馆的大池泡，老板娘大概收入增多，把池子装修得焕然一新，还在池内安装了两张石造的沙发，让客人躺着泡温泉。三楼的家族风吕还是老样子，可供情侣或一家人泡。其他的旅馆要另外收钱，这家免费招待，但得预约时间，每次只能用一小时。

四楼的露天风吕也是新装修的，特别有品位。一共有两个池，一个很小，像我们的浴缸，是绿色的瓷器材质，出水口用一只瓷青蛙吐水，不是铁的现代水喉。池边有个牌子，写着：池小泡人小，如果遇到儿童，请让他们优先。店主上。

另一个大池的杉木框又传来一阵阵木头的香味，顶上无盖，池旁又挂着一支铁网，牌上写着：太舒服了，小虫和树叶都来泡，如果你看到了，请用网捞出来。店主上。

日本旅馆传统上必有一位女大将掌管，她们有个联盟，每年开一次大会，把工作中的酸甜苦辣写成文章出版成书，有文采的不少。她们平时喜欢在旅馆中写几行字，可以由此观察到她们的性格和品位。

大餐后，老板娘请了一位女钢琴家兼歌手在大厅演奏，还以为是什么钢琴协奏曲一类的古典乐，弹出来的却是一些经典电影的主题曲，人人熟悉，又偶尔唱几句。钢琴家年龄和老板娘相若，据说是同学。见她们相聚，感叹命运不同，各走人生路，唏嘘一番。

亲手劳作，专注生活

不知不觉，来冈山县的汤原的八景旅馆已第七年。

有些人喜欢装修得很豪华的温泉酒店，我却对这种乡村味的旅馆情有独钟，来到这里像回家，前来迎接的老板娘更给我亲切的感觉。

"我今年四十二岁了。"她说。

她个子虽矮小,但面孔非常漂亮,团友们都叫她"日本朱茵"。

第一次见面时,她三十五岁,狼虎之年,艳丽得诱人。如今看来,依然风情万种,一点也不觉老。

一般温泉旅馆的老板娘,日本人称为"女大将"的,多为受聘者,汤原这位是真正的主人,家庭富裕,但就是爱上旅馆这一行。从建筑到管理她都亲力亲为。

每年来到总看到汤原的变化,屋顶多了一个露天浴室,房间翻新又翻新,但不失传统,充分表现祥和宁静的气氛,是别的旅馆少有的。一点一滴地更新,可见老板娘的心血,全部精力都摆在这家旅馆里面。

到达后先去地下的大浴池浸一浸,这里的泉水无色无味,异常润滑,被誉为"横纲",温泉之冠军的意思。

室外的池子,在河的一旁,共有大热、中温和略凉三个,为男女共浴。这类池子在日本已经少之又少,连北海道乡下的,也已经分男女。

出发前,黎明在屋顶上露天的池中再浸一次,池子旁边竖着木牌和小网,由老板娘以好看的书法写着:"泉水的舒适,昆虫、飞蛾也迷恋,如果跌进池中,请心灵美好的客人捞起,救它一命。"

食物还是那么丰富,皆为山中的野菜和溪里的活鱼,团友酒足饭饱,问我说:"老板娘和朱茵,你选哪一个?"

我笑着说:"当然是老板娘。"

而我为了尽兴

天真的爱

记得那个演《座头市物语》的胜新太郎吗？他在功成名就的时候，开了一家"胜制作公司"，自己做老板。

"胜制作公司"拍了许多电视片集，连他的老招牌《座头市物语》也搬出来重拍，固然不是什么艺术片，但胜新太郎要求极高，灯光和摄影都要有电影级别的水平，这是荧光幕的制作时间和经费所不允许的。拍呀拍，公司的钱被他花个精光，他又喜欢狂饮，在酒家花钱很大手笔。不久，他的公司便负债累累，终于宣布破产。

后来"胜制作公司"又开始拍片，由他的老婆中村玉绪做老板，中村之父是一位著名的演员，她自己亦演过不少主角戏，非常能干，希望她能使公司起死回生。

胜新太郎本身受的打击很重，除公司外，他本来被选为《影武者》的主演，但他对自己的演技太过自信，每天和黑泽明发生冲突，黑泽明在日本电影界的外号为"天皇"，当然把他换掉。说真的，仲代达矢演的将军固然天衣无缝，但扮替身的戏，就不如胜新太郎那么讨好，胜会将比较轻松的一面演活，仲代就显得太严肃而放不开了。

胜新太郎至今的代表作还是只有《座头市物语》。他在其中饰演的角色，他很深入地去研究，如盲人过桥时小心翼翼，走到一半知道没问题，便死命地飞奔到彼岸，以防跌入河中；肚子饿时吃饭吃到满脸是饭粒，等等，都极生活化。

看《座头市物语》时，你可以注意到人家替他倒酒，他举杯去接，但用食指点住杯口，酒一倒满，他马上知道，说声"谢谢"；为人添酒时，他则将酒瓶提高，听清楚酒倒入对方酒杯的声音，一满，即停。

他对角色下了不少苦心，连按摩技术也是依照古法。

破产后，他到各地小码头去演唱，能赚多少就还多少，是个有信用的人。

胜一生最爱的是他的儿女。女儿在学英语，但在日本少有机会练习，自从认识了我，常三更半夜打长途电话来，我以为有何重要的事，但他只是叫她女儿和我讲几句英语，他听了乐极，哈哈大笑。

天真的微笑

请胜新太郎来中国香港拍电影，是因为他最近的那部《座头市》很卖座，对电影在日本上映时的票房有帮助。另外，我是真的喜欢这位将盲人演得出神入化的演员。当年胜新太郎已近六十，喝起酒来没有从前那么厉害，他年轻时常醉后闹事，儿女长大了才收敛。

从飞机场一路到尖东，他感叹香港的飞跃，又说这是一群很爱自由的人付出的代价，住的地方越繁华，生活一定更自由。

抵达丽晶酒店，当他看到那巨大的浴池，便即刻脱光衣服，"大"字形地卧进去，作过瘾状，又忽然跳起来，对着玻璃窗，问道："对面香港岛的人会不会看到？"

"那么老远，还能看到你这个明星？他们视力好，让他们看吧。"我说。他尴尬地点点头，又喝起酒来，醉后，他坐在沙发上，将那两条粗大的腿盘起来，胖嘟嘟的，像个大婴儿，尤其是那天真的微笑。

记者招待会上，胜新太郎大胆地说自己曾经破过产，也肯谈儿子错手杀人后的悔意，对自己的职业，他说："当演员，红了当然不肯收山，低沉下来更放不了手，我们是不会退休的。"

日本人的做事精神：
要做就做好它

阿寒湖的这家旅馆，尽量讨好客人，服务无微不至，晚上还摆两个免费的饭团让人当消夜，半夜起身写稿，视为恩物。

晚宴食物应有尽有，单单螃蟹的做法就有刺身、白灼、炸烤等，大师傅把蟹脚的壳拆开一半，用刀切出细纹，浸在冰水之中，使它开花，是很高的技巧，一般的大厨师做不到。本来应该吃饱，奈何忙着聊天，才吃饭团。

对着稿纸，我想起晚餐时出现的女将，所谓"女将"是旅馆的灵魂，兼质量管理，大小事包办。

这个女将长得还有三分姿色，一身名贵和服，那条腰带已值百万日元以上，但大家注意的是她的发式：梳成足足有一个足球般大小。众人都说是假发，不然每天不知要花多少工夫在头上，叫她为"大头妈妈"。

"辛苦你了。"见她忙得团团乱转，我说。

"唉，"她叹了一口气，"谁叫我嫁给这旅馆的老板呢，当它是一份职业了,这是我们日本人一贯的办事精神,要做就做好它。"

"一个女人负责这么大的一家旅馆,真是了不起。"我赞许。

她说:"但是问题出在我应该站在哪一边。要客人满意,就得多花本钱,每天和我老公吵个不停,矛盾得很。"

"对客人细心,已经足够。"我说。

她那个大头,摇了又摇:"有时,也得随机应变。"

团友们觉得那双筷子很好用,夹食物不溜,掂重量恰好,手感极佳,问我是什么筷子。我一看,是樱花木制的,很名贵。

"大头妈妈"即刻向众人宣布:"筷子用完请拿回家。"

团友大喜。"又要和老公吵了。"大头妈妈笑着说。

要专业

倍赏千惠子在日本是公认的优秀女演员,她扮演的角色,如《幸福的黄手帕》中的太太,《男人之苦》里的妹妹,都能在观众脑海中留下深刻的印象。

千惠子有个妹妹叫美津子,年轻时她们两人同时在松竹歌剧团受训,姐姐是高才生,能歌善舞,拍电影的形象是娇小而坚强的;妹妹美津子身材高大,皮肤黝黑,腿长,好像一个混血儿,跳舞时充满活力和热情,与姐姐的样子完全不同。

美津子由歌剧团毕业出来,拍了两年戏,就嫁给了职业摔跤手安东尼奥·猪木,当时她只有二十四岁。问她为什么与猪木结婚,她说:"我认为男人是很强壮的动物。搏斗这种事,只有男人做得好,女人对自己不能做好的事情都感到有魅力,所以就……"

结婚后,一直没有什么好角色给她演,她那时已经三十岁了,女儿也已八岁。近年来,她说自己运气比较好,拍了几部戏。

《复仇在我》和在戛纳得奖的《楢山节考》都有美津子的出演,每部片尺度都大,《楢山节考》最具视觉冲击力的剧照,是她张开双腿,给一个土佬[1]膜拜。《复仇在我》有一场与三国连太郎在浴室中亲热的戏,更是大胆。

有健美的胴体和精湛的演技,美津子并不因为自己已经三十六岁而感到羞耻,剧本好,情节需要的话,她照样做。

"你丈夫不看你的戏吗?"人家问。

"不看,也不讲,我在戏里尺度大,在家里可不会这样。拍完也不必一次又一次地说给丈夫听。这是一个女人对自己的伴侣的礼貌。"

"你是不是把做家庭主妇和当演员这两回事分得很清楚?"

"与其这样讲,不如说我本身就是一个家庭主妇。主妇当演员,和主妇到超级市场收银是一样的。要做任何一件事,都要努力地做好它!那是最重要的,不可疏忽的。"

---

[1] 粤语,指来自农村或乡下的人。

客人是上帝

谁是三波春夫？年轻一辈可能没有印象，常看每年的NHK红白歌合战的老家伙，一定记得这个整天带着微笑、穿花花绿绿的和服、领一群人唱《你好，世界各国》的歌手。

原名北诘文司的三波，在二〇〇一年四月十四日逝世，死因为前列腺癌，享年七十八岁。

三波出生在新潟县的乡下，父亲做生意失败后，把一家人带到东京求职，三波小学毕业后就得当杂工。他卖过鱼，也在米店做过，知道辛苦是怎么回事。唱歌出名之后，尽心尽力讨好听众，并时常把做买卖时的一句话挂在嘴边："客人是上帝。"

三波唱的是浪曲，这种只有日本人才会欣赏的歌，用传统乐器如三味弦等伴奏，唱的时候使喉咙拼命震动，非常难听。

最初三波唱的歌，歌词多数描写离家的浪子、流浪生涯的苦处、对母亲和爱人的思念，等等，后来唱出名堂，东京举办奥运会时也请他唱主题曲《东京五轮音头》。三波声名大噪，与演员长谷川一夫、女歌星美空云雀被誉为日本演艺界"三大栋梁"。

当今的歌手二十岁开始唱歌已算老,三波开始唱歌的时候已经三十四岁,他不断努力学习,到了六十岁,没有什么新歌,他连卡通片的主题曲也照唱不误。闲时,他还会写诗和研究历史,写过关于圣德太子的书。

后来日本又篡改教科书,令大家对日本人恨之入骨,三波春夫的死,也不值一提,反正是唯一的好日本人,是一个死掉的日本人。

三波在二战时被征兵去打中国,战败后给苏联人抓去关在西伯利亚的牢里。一关四年,回到日本,他对日本人的侵略行径大加批判,唱了很多反战的歌,还算是有点良心。

从不诉苦，从不

当年和演员何莉莉、杨凡一起去新加坡拍戏，带着的工作人员中有个日本人，出生于九州岛乡下，姓名很怪，叫三苦。我们很顺口地称他为"九州岛三苦"。

九州岛三苦长得很矮，但非常结实，常看到他一个人双手各提着一支两万火[1]的灯爬上爬下。一支两万火的灯，至少有五十斤重。九州岛三苦从不诉苦，但是也从没有见他笑过。

新加坡的炎热天气令每个人都汗流浃背，九州岛三苦把他的牛仔裤用剪刀一剪，变成工作短裤，穿着背心，他有一身强健的肌肉。

在拍外景的一个晚上，邻居英国老姑婆看到后，就大叫起来，即刻打电话给警察，说有人露出不文之物。

那还是英国人讲话比较大声的年代，警车来了，跳下两个人

---

[1] 火：一般称为"坎德拉"，一种发光强度的计量单位。

要抓九州岛三苦。我上前跟警察理论,他们说有人投诉,一定要带去警局立案。我们的戏拍到一半,少一个人都不行,哪里有空去搅这种事?我指着三苦,大喊:"这怎么叫暴露?"

警察们也觉得我的话有理,讨论了一番,也就上车离去。

哪知这个老姑婆站在阳台上直瞪三苦,又报案去了。警车又来,这次说什么也要抓三苦。我向莉莉使个眼色,莉莉娇声嗔气地向警察说:"有什么值得大惊小怪的?"

好歹又将警察们哄走,他们也觉得那老姑婆真烦。我们大骂英国人混账,来看拍戏的朋友娶了一个英国太太,他太太说:"我们英国人倒不是每个都那么坏!被这老姑婆破坏了名誉。"

"那你帮我们出出气。"我对她说。

她点点头。

我向她咬一轮耳朵后,她便去打电话,每隔五分钟就打一次,学着老姑婆的声音。

"警察挂了我的电话,他们不会再来了。"朋友的太太回来报告说。

最后一个镜头拍完,那个老姑婆还在阳台,我叫全体男演员一共三十多人,对着她,大家把裤子脱下来。她吓得尖声大叫,歇斯底里地跑掉。九州岛三苦,第一次看他笑了出来。

一条小百合：
乘兴而行，兴尽而返

平辈

日本的一家大出版社与我商谈出版我的散文集。之前的两本食评集卖得不错，或有生意眼。

找什么人翻译呢？我相信自己能胜任，但是毕竟没有本国人文字流畅，加上我的时间的确不够用，还是由别人去做。

经过再三地考虑和仔细挑选，最后决定请一条小百合担任翻译。

她是一个脱衣舞娘呀！中国人和日本人都有这种反应。

我才不管。

小百合不是她的本名，她原来叫荻尾菜穗美。日本演艺界有一个传统是把尖端人物的名字一代代传下去，红极一时的一条小百合觉得荻尾可以承继她的衣钵，才把名字传给她。如果荻尾没有找到一个和她一样有水平的脱衣舞娘，这个名字便从此消失。

小百合在我就读过的日本大学艺术学部毕业，是我的后辈。大学中前辈照顾后辈，也是个传统。当她第一次来找我的时候，她用生硬的粤语和我对谈，手上再拿着一沓厚纸，在单字拼音上做了无数的记录，我已然觉得这个后辈并不简单。

后来她再送我数本她的著作，其中有自传式的，讲述她为什么喜欢上脱衣舞这门舞艺。从追求、学习到演出，过程艰苦、一丝不苟，拼了老命，才得到前代一条小百合的认可而袭名，对她更加佩服。

荻尾对中文的研究愈来愈深，后来干脆脱离舞台表演，拿了一点积蓄，搬到广州学中文，因为香港太贵住不下。她的成绩有目共睹，已能在《明报》等刊物上写专栏，后集合成书，叫《情色自白》，可读性极高。

变成另一国文字，能由作者翻译作者，水平较高。我写专栏，她也写专栏，我已不是前辈，她也不是后辈，我们是平辈。

一封来信

快递公司送到一封文件，打开一看，原来是一条小百合由日本寄来的。这位艳星是日本大学艺术学部的毕业生，曾著多本传记性的畅销书，很好学。她寄来的两封信，内容相同，但一封日文的，一封中文的，很显然在中文上下过苦功。

……我想告诉您我的近况。我仍然要在各地奔波表演，半年以上都不在大阪，我结了婚，我的朋友说我是一个"不回家的妻子"。

我住在朝潮桥，这儿除了有些波子机铺之外，仍像古时候的市镇，是个十分贫穷的地方。

但现在的物价很便宜，要买一盒五十日元的鸡蛋，一个钟头前就有阿婆、阿伯排队了。我极喜欢住在这儿，因为大家都极平易近人，都极安静。

由东京搬来大阪之后，发觉吃广东菜的机会多了。附近有福临门，但是福临门很贵（比香港的还贵），只会在有钱时才去。

我在神户有些朋友，而且南京街的广东菜不太昂贵，离我家近，常去。据我所知，神户的唐人街比横滨的好吃。

有时，听到酒楼厨房的厨师说广东话，感到好怀念香港。有些酒楼熟络之后，他们会做些特别的招牌菜给我吃。

现在，我在南京街的杂货店，买些香菜、通菜，还有些调味料回家，然后高兴地烧点"我的风味的广东菜"。

我时常看香港电影，因为工作一直很忙，所以连录像机和录影带都带着上班,一起看。唔知点解[1],我什么香港电影都看。

认识您之后,我去找您监制的《不夜天》《原振侠与卫斯理》来看,我喜欢电影中的钱小豪,觉得他很性感,我可能有些唔[2]正常。

如果我继续写下去,您一定感到我好烦。

一条小百合上。

祝好。

她拼命学习,却没有传人

接到一条小百合的来信不久,她本人储蓄的钱够了,跑到香港来小住几天,拼命学习广东话。

我那一阵子忙得要死,只能在公司和她聊几句。

"还到处表演吗?"我问,小百合已经年近四十了,但状态还是维持得不错。

"嗯,"她说,"不过我也想过退休。"

"找不找得到传人?"

日本人有袭名的传统,凡是"一代宗师",像歌舞伎、脱衣

---

1 粤语方言,即不知道怎么回事。
2 粤语,即"不"。

舞娘等亦是如此，永远让名字"活下去"。她本名荻尾，一条小百合轮到她，是第二代，她要物色第三代，才对得起老师。

小百合摇摇头："那么多新人之中，只有一个还有点潜质，她今年才二十岁，人长得漂亮，又有气质，在舞台上，观众永远不会想到她是脱衣服的，可惜她……"

"可惜什么？"我已等不及地插嘴。

"可惜她不能接受蜡烛！"小百合说。

"蜡烛？"

"嗯，"小百合解释，"先师的艺术，最高境界是用几十支蜡烛，烧红了滴在肉体上，令人叹为观止。她做不了，不能传为第三代。"

日本人真是古怪透顶。

"她也有专长，"小百合说，"她能把小铁环穿在身体的各个部位，像印度人穿鼻的那种铁环。上台表演时用很细的钢丝套进环中，把整个人吊起来。"

"咦哟！"我说，"那么恶心！"

小百合若无其事地说："灯光打得漂亮，她本人皮肤又白，像天使那么纯洁，又带着诱人的邪恶，刺激得观众拍烂手掌。唉，但是她太年轻，不能学到什么深奥的舞技，只有被吊着飞来飞去。"

有人心的机微存在

望乡

《楢山节考》的确拍得不错，也得了一个大奖。这部片子令我想起《望乡》，它才是我真正喜欢的日本电影。

《望乡》的原名叫《山打根八番娼馆》。"八番"是"八号"的意思，山打根八号门牌，是妓院。

故事叙述一个社会工作者圭子，大老远地跑到一个叫天草的乡下，因为她听说在战前，当地有很多少女被卖到南洋去当妓女，而其中有些还活着，她想去访问她们。

经过重重困难，圭子找到了一个叫崎的老太婆，她孤单地生活在一个小房子里，只有一群猫和她做伴。

阿崎婆起初对圭子充满敌意，后来两个人成了朋友，她才把当年做妓女的一段往事告诉了圭子……

虽然故事讲妓女，却是一部反战电影。它揭发了日本愚蠢地想侵略外国的政治污点，为在战争中死去的日本人控诉，拍出了他们的悲愤——在异乡死去后，坟墓还要背向祖国。

导演熊井启是一个高级知识分子。最初入行时，是在日活公司当编剧，日活当时以动作片出名。日本电影的黄金时代，石原裕次郎主演的电影部部卖钱，公司也肯花制作费，为了拍一部叫《黑部的太阳》的电影，先让编剧到外景地考察，于是熊井启被派到新加坡来。

我负责带熊井启到各处看外景。

一天，他忽然问："新加坡有没有日本人的坟墓？"

"有哇！"我想起在板桥神经医院附近，就有那些方块碑石，便把他带去。

熊井启在日本人的墓地前站了很久，陷入沉思。

"太平洋战争的伤痕未愈，日本又发动了经济侵略！"熊井启叹了一口气，"看历史，在明治初期，日本已在做这些坏事。军国主义者拼命抢外汇，什么大学眼药，什么仁丹，都是他们的杰作。最可怜的，是一群被逼良为娼的少女，她们被卖到马来西亚的山打根、新加坡等地。这个公墓，躺着许多这种人，有一天，我一定要拍一部电影，为她们申冤！"

熊井启后来由编剧升到场记、副导演。最后正式当导演，所拍之戏，大多数有点社会意识。

十年前，日本的一本很有分量的月刊《文艺春秋》发表了一篇叫《山打根之墓》的文章，描述天草老妓的一生，作者是山崎朋子。熊井启读后很兴奋，他知道从前在新加坡许过的愿望有可能实现,马上跑去找山崎。

山崎说这只是一篇传记,难以成为有剧情的故事片,比方说写年轻时代的妓女,书中只有数行,怎么能够将这人物展开?熊井启已有构想,他说老妓女年轻的戏一定要多加篇幅,在卖笑中也得到客人的爱情,但结果被客人所出卖。不但如此,出卖她的人还有她的家属,还有她的国家。

在多次的游说下,山崎终于同意,把版权卖给熊井启。

这个计划和专搞舞台剧的团体"俳优座"商量后,"俳优座"即刻赞成投资演员和一小部分的制作费。钱还不够,熊井启跑去找东宝,东宝一听是一个由社会工作研究资料改编的剧本,摇摇头。

熊井启的前两部戏是为东宝拍的,也替他们赚了钱。三番五次地争取,答应了许多无理条件,东宝最后才同意出筹备费。

拿了这些钱,熊井启找名编剧家广泽荣写剧本,广泽花了四个月时间交出作品。熊井启跑去山打根看外景,回家后怕东宝没有信心,把剧本改写数次,发表在《电影旬报》杂志上。

广泽荣看到后很生气,他不赞成导演把崎年轻的戏加在里面,他说重点应该放在两个生活背景完全不同的女人身上:一个是住在城市里的年轻知识分子,一个是饱受折磨没有受过教育的老娼妇。结果,广泽批评导演把名字也放在编剧里,他把没经过修改之前的剧本刊登,特地声明这并非两人合写,而是自己的创作原本。

两个剧本我都读过,相差不太大,我赞成导演的选择。

这件事闹得风风雨雨,倒是带来好消息,东宝决定投资,片子顺利开拍。

"俳优座"在东京的六本木有个小剧场,栽培了许多优秀的演员。这个团体的成员多数是读书人,由公演的话剧赚来的钱并不多,他们一班出了名的演员如仲代达矢去拍电影,片酬都交给"俳优座",毫无怨言,只拿低微的月薪,但有一个理想。

栗原小卷也是其中之一,当时她大红大紫。之前拍过《忍川之恋》一片,为剧情所需,全裸演出床上戏,身材极美,"俳优座"建议她来演年轻的妓女崎。

但是导演熊井启认为崎年老后由著名演员田中绢代出演,如果用有名的栗原演年轻时的崎,前后形象就不容易融合,所以,选中了新人高桥洋子来演,派栗原去演担任社会工作者的圭子。

全片最难讨好的就是圭子这个角色,单独的戏份被高桥洋子占去,与高手田中绢代演对手戏,又被田中吃得光光,但是栗原沉着应战,中规中矩,成果不过不失,完全是因为她有一份热忱的工作态度。

高桥洋子就很突出。片中有一段戏是她在浴室中,偷听到她的哥哥和嫂嫂的对话。他们是靠她用肉体换来的钱生活,但反而怕她是妓女而被同乡笑话。通常这种戏的处理是一哭二闹三上吊,但是导演让高桥洋子压抑着,在感情崩溃之前,把自己整个头浸在浴桶中,不让兄嫂听到哭声。

还有一场是在妓院中被出卖,天下着大雨,她裸着全身奔入院中痛哭。戏是那么自然和必需,有些国家上映时删减了这个片段，很是可惜。

老年的阿崎婆，由无懈可击的田中绢代扮演。在那肮脏的小屋中，她跪坐在榻榻米上，天下已经没有几个演员能做到那么入神。老妓女一生的苦难和波折没有令她愤世嫉俗，而是保持着一份天真，她爱那群猫，她没有否定生命。

拍完了《望乡》，田中绢代筋疲力尽，她从来不向工作人员透露她身心的压力，片子拍完不久，她便死去。

当时，她只是轻描淡写地说："最难演的，是和那群猫的对手戏。"

电影可以很严肃，很美，很有意义

在日本做事时，我曾经跑到片厂去找熊井启。

他一看到我，就紧紧地抓着我的双手："我的愿望，到底实现了，这是一件多么令人兴奋的事！"

我点点头。

"片子拍了，上映时能不能赚钱我不知道。"他笑着说，"我只知道我已经尽了力，拍了一部我喜欢的电影，一部对得起观众、对得起我自己的电影。"

"下一部呢，有什么计划？"我问。

"还不知道。"他说，"我在搞一个剧本，想拍日本人到中国去的故事。"

这个构想，后来就变成他到中国去拍的鉴真和尚的戏。

我们走进厂棚去看山打根街道的一个布景。美术师走了过来，熊井替我们介绍。

"你是由南洋来的，一看就知道这布景搭得很假是不是？"美术师木村威夫问道。

我安慰他说："还好。"

他摇摇头："现在的山打根也看不到那个时代的东西了。我找了五十多本参考书，结果还是不像样。"

布景有一个圆形的跑道，我起初不明白为什么要这样搭。等了一会儿，导演开始叫临时演员试戏。

这一场拍一大队日本海军经过街道赶着去召妓的戏。只用三十多个演员，他们围绕着布景那个圆圈，跑了一圈又一圈，在镜头中看起来，就是一大支军队，至少有两百人，我这才知道布景师下的心机。

拍完后，熊井又拉着我问长问短。

"不要做什么行政工作了！"他说，"你不如来跟我做副导演，拍一部好电影！"

我没有那么做，亦谈不上后悔，只想过当时要是跟他干上了，生命一定会充实得多。

《望乡》上映，我看了流泪。

这部电影，正如我的好友曾希邦所说：《望乡》令人重新想起电影原来可以这么严肃，这么美，这么强烈，这么有意义。

并没有什么了不起

五轮真弓长得美,这么说有人反对;同样说一头长发的克丽丝桃·姬尔非常漂亮,这么说没有人不赞同。但是将两个人的演唱会放在一起,你就会发觉前者越来越顺眼,后者则逐渐平凡。美的定义,应该是较有内涵、较耐看、较为永恒。

在五轮真弓的散文集中,她说"歌手作曲家"并没有什么了不起。她的看法很对。自己作的曲子,唱起来感情直接。听众的水平很高。把人家创作的歌曲唱出的时代已经过去,新的歌手,将会是作曲、填词、唱者三体的结合,西蒙和加芬克尔在中央公园演唱,就证明了这点。

真弓的歌词,少不了夕阳、背影、空虚和寂寞的陈腔,可是总有神来之笔,如"沙石路上马拉松跑步者的经过""海鸥也在取笑我",等等,是非常清新和形象化的描写。

日本歌手的毛病,是把每首歌都颤颤抖抖地唱出,有些港台歌者还去学这个坏习惯。五轮也用颤音,不过她聪明地将法国小调的自然颤动加入,潇洒自如。

听她的歌,最自私也是最好的想法是,在一间烟雾朦胧的小歌厅,不用麦克风唱出。那会是多么高级的享受。这样一来,她不用顾虑听众的爱憎,一定更淳朴自然地进入一个新的境界,作品必然不朽。

"如果不认识我的人,却被我的歌感动,这是最能令我高兴的。"她说。她的歌能受中国听众欢迎,她的确应该高兴。她的音乐,通过翻唱歌手而流行,起初并没有人知道她是谁。

有人说演唱会上的她非常木然,不如听她的唱片,这真荒谬。其实在舞台上,唱抒情歌的时候静,唱热门曲子的她是那么活跃。忽然,她将麦克风电线跟着拍子甩动三下,是多么地高傲;她注意到演唱会中每一个被冷落的小角落,是多么地可亲。要说木然,那倒是听众。我们总是拘谨,没有勇敢地跟着节奏拍掌,没有放怀去享受她的音乐。

一生至爱

在日本喜欢看电视的人,到了星期天,一定会看到一个头发全白、一双浓眉、笑嘻嘻的老头子,他主持一个叫《日曜洋画剧场》的节目数十年,讲解外国电影的内容。印象最深的不是他讲的电影的好坏,而是这老头每次都对观众说三次Sayonara(即"再见"的意思)。

这个人叫淀川长治,在一九九八年十一月十一日去世了,享年八十九岁。

淀川长治一生爱电影,也把一生贡献给了电影,不管电影盛行还是没落,他都没有放弃过。喜欢的当然大赞,讨厌的也不骂,有电影看就是幸福的。

他讲解电影时口沫横飞,声音很尖,喋喋不休,真像一个老太婆。他的三声Sayonara深入民心。有一个大盗跑到他家里抢东西,最后离开时他也对其说三声Sayonara。

虽然他主持的是电视节目上的电影介绍,但他本人一直强调电影要在电影院里看才好,有任何试片,他一定前往,主办者拿出名单给他签到时,他写:淀川长治,电影痴人。

后来他的身体愈来愈差,但还是坚持去看电影和公开演讲关于电影的话题。最后这一年,他夏天也要围着围巾、穿冬衣出门,住院时也拼命写电影稿。他到庆应大学演讲时,等待出场之时要躺下来休息,一上台又生龙活虎地讲个不停,临终的前一天还录了《日曜洋画剧场》节目。他的口头禅是:"明天,还有要看的电影,还不能死。"

九月八日,他去参加深交了六十年的老友黑泽明的葬礼,对于死亡他像有预感,他说:"黑君,我即刻追来。"

淀川长治一生未娶。这是因为他太爱自己的母亲,认为没有一个女人好过他母亲。所以做母亲的不能太溺爱儿子,这会害他一生,也许不能说是害,本人自己喜欢也说不定。

第三章

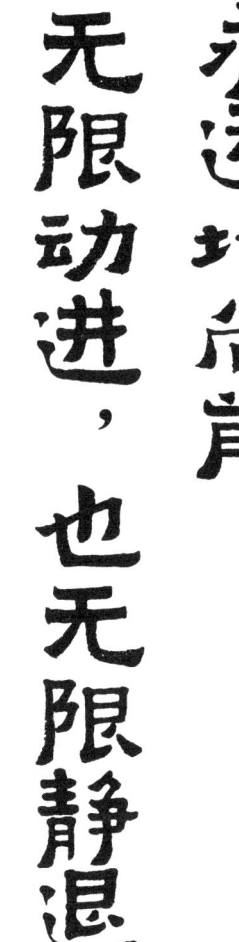

永远地向前：无限动进，也无限静退

唯有长情和天真

二〇〇一年到了年末,日本在这一年死去的名人有五十个之多,体育选手我不熟识不去谈,政治人物更不值一谈,其他的有:

新珠三千代,女演员,享年七十一岁。文豪松本清张说过,要形容美人,说像新珠三千代这样的女人就够了。

东宝电影公司每年送女明星日历,第一页一定是她。新珠很有个性,从来不做访谈,没有人能够侵入她的私生活,一生也没结婚。

电影圈中传言她的男朋友是首席制片人藤本真澄。藤本与我私交不错,来中国香港时我请他吃饭,问起这件事,他笑而不语。

日本朋友问我:你喜欢的是哪一类日本女人?我回答:新珠三千代。无人不觉我品位高。

三波春夫,歌手,享年七十八岁。唱的是传统的咿咿呀呀的艳曲,非土生土长的日本人不能欣赏。每年NHK电视台的红白歌会，少不了他。

古今亭朝太时代，落语家，享年六十三岁。所谓"落语"，是日本的单口相声，外国人难以了解他们的笑话，日本的年轻人也愈来愈听不进去，所以古今亭被誉为"最后的江户落语家"。

山田风太郎，作家，享年七十九岁。写过很多本脍炙人口的忍者武侠小说，也写散文，内容多次以"死"为主题，对这件人生必经的事看得很透彻，很单纯地接受，一点也不惊奇。

横山隆一，漫画家，享年九十二岁。他笔下的人物造型不像一般漫画那么丑陋，淳朴可爱，怪不得在日本最畅销的《朝日新闻》报上一连载就是画了五千五百回的漫画。

蟹江银，享年一百零九岁。为日本最长寿的双生姐妹之一，常出现在电视节目中，姐姐成田金二〇〇〇年逝世，妹妹觉得再活下去也没有什么意思。

医学院解剖研究她们长寿的原因，当然得不到什么结论，不过医生都说她们的生理年龄比实际年龄年轻二十岁，一定是活得开心之故。

敕使河原宏，电影导演，享年七十四岁。他其实是日本最具影响力的、草月流插花艺术的传人。在东京有家很大的草月会馆，其中有抽象但富于美感的雕塑，是值得一游的地方。

他可以说是含着金钥匙出生的公子哥儿，父亲创立草月派，他尽可做一个二世祖，但对电影产生了浓厚的兴趣，他拍过的《砂之女》，相信很多香港观众还有印象。

从东京美术学校（现东京艺术大学）毕业的敕使河原宏，除了当导演，最擅长把竹子当成题材，创造立体造型。他一生无忧无虑，为艺术而活，令日本人羡慕不已，但也逃不过生死这一关。

相米慎二，同样是电影导演，享年五十三岁。拍过《水手服与机关枪》等，江湖地位比敕使河原宏差得远了。

为什么要提他？因为他喜欢中国香港，来拍过电影。他捧红的女演员如药师丸博子、小泉今日子等也都出现在他的葬礼上。

江户家猫八，又是一名落语家，以模拟小动物的叫声出名，模拟得最像的是小猫，所以连名字也改为猫八，享年八十岁。

团伊玖磨，作曲家，享年七十七岁。中国的唐诗宋词影响他最深，令他一生致力于中日文化的交流，也当了日中文化交流协会的会长，在苏州住过很长一段时期。团伊玖磨除了作曲，也以写散文见称，其随笔专栏"烟斗随笔"在杂志上一写就是三十六年之久。

末了，非提演员左幸子不可，她在十一月七日去世，享年七十一岁。左幸子脸圆圆的、眼睛大大的，长得十分讨喜，像一只猫。如果以为她是一个很柔顺的女人就大错特错，她有什么说什么，在她那个年代，颇令周围的日本男人受不了。关于她的生平，我将另文详细报道。

鳄渊晴子：拒绝被束缚

十六年前，鳄渊晴子已经发表了她的裸体写真集，内容比我们最近看到的还要大胆得多。

鳄渊来头不小，她父亲是一个著名的小提琴家，所以她从小就拉得一手好梵阿铃[1]，在三十多年前就主演了一部《小信坐上云端》的电影，在其中表演她最拿手的琴艺。

不过，鳄渊一生的路途并不平坦，她拒绝让人家安排她的生活，在一九六六年曾经消失过一段时期，当时追求她的公子哥儿一大群，结果她嫁给了"服部时计店"（精工）的少东家。你到银座，在最繁华的十字街头有个钟楼，那家最高级的店铺就是服部时计店。

不到六个月，她就和丈夫离婚了，理由又是不想被束缚。

拍裸照的时候有人批评她说不会演戏才脱衣服，但是鳄渊不

---

[1] 梵阿铃：Violin 的英文音译，即小提琴。

在乎，继续拼命工作，甚至知道自己患上了子宫癌，还是不眠不休地演舞台剧，本来医生们已经断定她没有命的，可是她坚强地活了下来。

当年她已经四十一岁了，在新桥演舞场主演《好色一代男》中的一个会拉小提琴的艺伎。鳄渊还是很天真地说："我的理解力比人家慢，所以到现在还以为自己十五六岁。"

女人不做事，就没生命力

我们常去的那家最地道的鱼生店"高桥"的老板死了，老板娘说不再做下去。

"待在家里也不是办法呀。"我说。

"一个女人，管不了那么大的店。"

"你有两个女儿做帮手嘛。"我说。那两个女儿长得也真漂亮，可见老板娘年轻时更是大美人。

"三个女人，行吗？"她犹豫。

"我们来店里时，也从没见过你丈夫。"

"他总是躲起来，不和客人打交道。"

"不就是吗？"我说，"现在有他和没有他的分别也不大呀！"

"说得也是，女人不做事，就没生命力。"

"你大女儿好像和那位年轻师傅的感情不错呀！"我说。

"她们对婚姻都有点恐惧，因为看到同学和朋友都闹离婚。"老板娘说。

我把她的大女儿叫来:"嗯,你的父母结婚几十年,不也都是好好的!"

大女儿给我当头那么一喝,有点愕然,对母亲说:"妈妈,蔡先生为什么讲这种话?"

"傻丫头,"老板娘笑骂,"他是要你们早点成婚。"

大女儿红着脸走开。

"你不做的话,我们下次来吃些什么?"我再劝她。

老板娘有点心动:"做下去的话,只能把店缩小,每晚少些客人,才不会太辛苦。"

"缩小就缩小嘛。"我说。

"但是你们下次来,我怕招呼不了了。"

"不必为我们把店关起来。"我只有那么说。

"不过,你们来了七年,每年都带给我们不少生意,很不好意思,谢谢,谢谢。"老板娘一直送到门口,我看见她眼边有点泪珠。

一念造就三千大千世界

这家在东京新桥的医院，已有三十多年的历史了，战后日本人崇洋，流行割双眼皮、隆高鼻梁，梅田院长开了这家小的整容医院，从此就一本万利。

渐渐地，十仁美容整形医院发展成一座大厦和两三个门诊处。它的广告，随处可见，甚至登载到东南亚各地的杂志上。

缺乏自信的女人们，由四处聚集到十仁医院去。我因为工作的关系，常要为公司带一些人去找梅田院长。

一进门，就有数名美丽的女护士前来迎接。真奇怪，她们长得像多胞胎姐妹，各人面貌都十分完美。

坐下后，她们献茶，并递上一本厚皮的大册子。翻开一看，有一排排的名称：美目，两万五千元；隆鼻，五万元；祛鱼尾纹多少元；治疗面部松弛多少元；治狐臭、隆胸、处女膜修复等。还有什么什么缩小，什么什么放大，等等，不胜枚举，俨然是法国美心餐厅菜单。

矮小的梅田院长亲自出迎："蔡先生，您好，又有什么指教？"

我把当事人的问题翻译给他听。

"唔，唔，"他仔细看着她，职业性地亲切地说，"的确是块好材料，只要这里稍微改这么一点点就行！"

梅田夹两根手指做出这么一点点的手势。

当事人即刻充满希望，高兴得跳起来。

"好吧，护士，请你先带这位小姐去做一个模子。"梅田说。

护士带她走后，梅田又仔细地看我，我让他看得打冷战，梅田说："蔡先生，你带这么多人来，我要送你一样礼物。"

"什么礼物？"我问。

"你什么都好，"他眯着眼，顽皮地说，"但是下半边脸好像有点短，送你一个下巴吧！包你满意！我亲自做！"

"呸！呸！呸！"我说，"呸！呸！呸！……"

他大笑。

"看你身材矮小，我够高，"我说，"不如割下几寸给你！"

梅田院长又大笑。

我每次看到他，都觉得他的相貌也有许多需要修改的地方。问他道："喂，院长，你为什么不替自己整整？"

"美与丑只是一个观念。"梅田哲学家口吻般说道，"我自己觉得还不错呢，整它干什么！"

的确有道理。自己不整，却要给我来一下！

他继续长篇大论:"爱美是人的天性,就和吃饭、喝酒、大小便一样。现在,人的生活水准都提高了,就要在求貌美方面下功夫。美容能增强一个人的自信心,我不但在医学上有贡献,而且在心理上,我也帮人类追求到完美的境界,我能够控制时光,令饱受岁月摧残的人重新得到青春!"

梅田越说越慷慨激昂,简直像一个救世主。旁白之中,还有像赞美上帝的合唱为背景音乐,光芒由他的身后射出,伟大无比。

接着,他做出一个摊开双手的耶稣表情。

"真受不了!"我说,"每次来你都要给我来这一套,烦不烦?"

"哦,对了,斯米玛赛[1],"他摸摸秃头说,"我忘记你是老客人!"

"呸!呸!呸!什么老客人!"我笑骂。

"蔡先生,你真的不要我送的做下巴?"他问道,"别人做一做最少要五万元啊!"

"谢了。"我说,"梅田院长,看你那张'菜单',好像没有把粗的小腿整细的那一道?"

"你是说大根腿(即萝卜腿)?"他叹一口气,"难,难!现

---

1 斯米玛赛:日语音译,意为"对不起""不好意思""打扰了"。

115

在的医学这么发达,也没有办法做到这一点,要牵涉筋骨的问题是很难解决的,要是我行,日本那么多大根腿的女人,我就比财阀更有钱了,哈,哈,哈!"

"你现在赚得也不少哇!"我说,"整座大厦都是你的。"

"唉!"他说,"我也下了不少功夫哇!只要女人的虚荣心作祟一天,我就能生存下去,我就能拯救她们,她们才能拯救我的荷包……"

他又越说越像救世主,连我已经离开,他也不知道。

写过《缅甸竖琴》的和田夏十

女编剧家和田夏十,经过十八年与乳腺癌的搏斗,结果还是在六十三岁时去世了。

她写过《缅甸竖琴》《野火》《我只有二岁》和《怪谈》等,是日本电影史上最优秀的编剧家之一。

她早年嫁给了导演市川昆,市川拍的好电影都是由她写的剧本。她改编小说并不照抄,常常把批评的精神加进去,而且绝对地强调人性,从来不多愁善感。她对剧本的要求很严格,她说过:"市川和我的想法不同,要是他强迫我照他的意思去做,我就要把他从家里赶出去。"

市川导演过很多部电影,剧本不是和田写的都很差。这证明她的看法比市川正确。

和现在的才女不同的是,和田对自己出了名、有很多人来请她写剧本的事,并不感到高兴。她是一个完全的家庭主妇,连家里的衣柜都整理得干干净净,像新买的一样。厨房更不用说,亮堂堂的。

她说过："什么事要做便要做好它，不然做来干什么？"

和田也有她少了一根筋的时候，比如她看到洋人，就全身不舒服，叫他们为"外人"，但是对"外人"的小孩子，她却很喜欢。

有一天，她在街上碰到一个四岁大的洋小孩，向他母亲要求买玩具。和田很感慨地说："我一生学英文没有学好，这个小孩只有那么小，就是一口流利的英语！"她竟忘记，四岁大的日本儿童，照样讲得好自己的母语。

市川昆常到外国去参加影展，和田从不跟他去，不管他怎么求她。她说："我在日本看到'外人'就怕，还要去什么外国？"

在拍奥林匹克运动会的时候，她看到那么多外国人，也很不安。但是没有忘记叫自己的丈夫不要拍运动，最主要的还是拍人。

最后，市川昆终于说服她一块儿到戛纳。和田一下飞机，就大喊说："为什么有这么多的'外人'？"

"在戛纳，你才是'外人'。"市川昆说。

市川昆要重拍《缅甸竖琴》的理由，不如说是纪念他的太太。自从和田去世后，市川就一直没有拍过好片子。

《缅甸竖琴》讲一个叫水岛的士兵战败后，决心留下来埋葬将士们的白骨。他的战友呼唤他一起回日本重建家园，但他已做了和尚，肩上养只鹦鹉，以竖琴向他们弹出惜别之曲。

市川昆抽烟和喝酒都很厉害，尤其是抽烟，一支抽完接一支，每天最少抽五六包才过瘾。市川的门牙有条缝，后来他嫌把烟拿在手里麻烦，干脆就把那条缝弄大一点，将烟嘴夹在牙缝中，如此一来，他抽得更多。奇怪的是他抽了几十年烟，喝了几十年酒，一点事都没有，而烟酒不沾的和田夏十，却一命呜呼。

老龄化下的日本女性

从前有三样东西最好。

一是美国的美金,二是英国的屋子,三是日本的老婆。

当今这三样已无太大用处,欧元和日币把美金打得扁扁的;英国的屋子虽耐看,但年久失修,现在要请工人维修不容易;而娶日本女人当老婆,多数以离婚收场。

旧印象中,日本女人都是服从性强的。从小,父母亲和社会,都要求她们有礼貌,什么"谢谢"和"对不起"常挂在嘴边,鞠躬也鞠个不停,但是她们心中有无谢意,你是不知道的。

女人分三大类:教养好的、个性善良的;还有一种,是看到父母的悲剧,性本恶的;还有夹在中间,毫无个性的、蠢得要死的。

认为这三种女人都很有礼貌,你就受骗了。第一种女人好学,书看得多,受西方影响,认为应该有主见。受了丈夫的气,她们也不会出声,一切强忍,直到有一天,爆发了,一声不响,离你而去。

第二种女人总作小鸟依人状，后面就要骑到男人头上，早上遇到亲家奶奶，也不会说一声"早安"。

第三种女人好吃懒做，男人叫一声，她们做一事，整天想着买一个爱马仕的手袋，为了它，三级片也照拍。

经济泡沫一爆裂，公司的交际费缩减，男人不能每晚和客户应酬，只好回家吃饭。本来双方见面不多，婚姻容易维持。这下可好，女人除了洗衣、熨衣和做其他家务之外，还得烧菜！那个丈夫，吃完饭后看电视，不然倒头就睡，有什么情趣可言？

日本女人已不是好老婆人选，这是日本男人造成的，也是整个老龄化社会促成的。当今的妻子，就算她们不和你离婚，也不愿意生孩子，明显的现象，是死的人比出生的人多，人口的增长率是零，问题可大了。

名取裕子

　　名取裕子主演过电影《序之舞》中的女画家岛村津也、《吉原炎上》中的艺伎,为日本首席女演员之一。

　　很多年前,她参加新加坡亚洲影展,顺道来此,对中国香港印象极佳,尤其是食物。

　　我们看她吃东西,每一道菜都吃得干干净净,我把自己那份分给了她,又吃光了。最后一人来一份荷叶饭,每个人都把自己的那份献上,她吃了六份,将剩下的四份打包拿回酒店,说是等第二天当早餐。但翌日听她的经纪人说,名取半夜三更从床上跳起,把那四份荷叶饭吞了,才睡得安稳。和名取吃饭是一大喜事,我们再不叫她名字,称她"大胃"。名取也常自嘲地说:"蔡先生对我的外表一点兴趣也没有,他只喜欢我的内脏。"

　　这次她来拍我们的《阿修罗》,只是象征性地收了一点片酬。她说她实在太爱中国香港的料理了。在记者招待会上,大家最想问的是:"你对拍床上戏有什么感想?"

　　名取也大方地回答:"所有日本的第一流女演员都脱衣服。"

"但是香港女演员就不那么想。"记者说。

"或者我们的看法不同。"名取说,"在日本,裸体不裸体不是问题,演技好坏才是关键。观众不会因一个女演员脱了衣服,就认为她只能演黄色片的。"

不死鸟的传说

我写过一篇关于角川春树的文章,他是一个被出版界称为"风云儿"的人,曾经翻天覆地地干过一番大事业。

一九九三年,警方在他家中搜出毒品。角川被判入狱四年,度过一年零三个月的狱中生活后,终于被保释出来。大企业的角川书店还在,但是他已被董事局踢了出来,没有他的份儿了。

公司是角川的父亲创立的,以卖小册子的普及版发财,现在春树还是走回这条老路,开始出书,但只有寥寥的十本。

同时期的新公司"幻冬舍文库"一出就是六十二本,大肆宣传。角川春树与对手一比较,寂寞得很。

角川春树在全盛时期,出书和拍电影同时进行,在电视上投放的广告,每个台都能随时看到,等于是给观众洗脑,书卖钱,电影也成功。现在角川还是拍回电影,起初想请大导演大林宣彦,但是制作费只有六百五十万港币,怕超出预算,角川自己当导演,看餸[1]吃饭,仓促地拍了一部叫《穿越时空的少女》,真是天差地别。

我们在香港看过许多"风云儿"式的人物,一样失败之后又做另一样,东山起了又再起,但创立的多是不同的行业。角川只能做回老本行,又比从前的气魄缩小那么多,这次能不能翻身,是未知数。周围的传媒界似乎不看好,有些甚至泼冷水,这一场战争,角川春树打得真辛苦。

但是,"不死鸟"的传说一直跟随着角川。所谓"不死鸟",在大火中可以重生。关心电影的人,爱看书的人,还是希望奇迹出现,让这只不死鸟活下去。

---

1 粤语方言,即下饭的菜。

权力"甜美"

日本首相森喜朗终于宣布下台，做了十一个月，一点功绩也没有。

这家伙还是大老粗一个，乱讲话，把中国叫作"支那"，绝对不是什么好东西，下台一点也不可惜。

之前，他说过：怎么也不会退位，你有本事来逼走我好了。

一旦试过权力欲，是不容易放手的。

但所有的腐败统治者都被赶走：菲律宾的马科斯、前南斯拉夫的米洛舍维奇，等等，他们尝过权力的"甜美"，不能恢复平凡的生活。

本来也是普通人一个，有的还是由穷困中挣扎出来的。他们一心向上的志气，开始的时候并没有什么不妥，是后来变坏的。

最初，当他们赚到买一个面包的钱时，常发誓道：我再也不要挨饿了。做什么都好，我再也不要挨饿！用这个不挨饿的理由，他们一步步爬上去，见人杀人，见佛杀佛，台阶是用朋友的血肉换来的，出卖别人已是家常便饭。

对他们的上司，他们会说："我一定和你共进退！"

到时，在上司背部刺一刀："谁和你这种人一起抱着死？"

在权力最高涨的时候，他们身边有很多很多的"YES MAN"（应声虫），在追求权力的时候，他们自己也当过"YES MAN"。

这些人起初不肯"闭幕"，但是为什么最终一个个下台了呢？

船沉老鼠逃，曾经扶植过、也最信得过的所谓伙伴，背叛了誓言。独裁者认为不可能发生的事发生了，看见了也心寒。

"想不到有这么一天！真想不到有这么一天，唉！"他们摇头叫喊。

怎会想不到？真是的！权力，是会蒙住人的眼睛和他们的良心的。

也无限静退

日本有一部很受年轻人欢迎的电影，讲的是一个富家女爱上一个流氓，勇敢地和他离家出走的故事。

类似的情节也发生在其他国家，观众看得如痴如醉。每个少女都幻想自己是那个有钱人家的女儿，而男孩子则认为被社会误会是一件很浪漫的事。

现实生活中又如何？那个叛逆青年，要努力上进，或许能出人头地。可惜他们不学无术，最后还是悲剧收场。

萩原健一就是一个例子。他刚出道时英俊潇洒，是詹姆斯·迪恩类型的，迷死众多少女。后来他和演技精湛、外表楚楚可怜的石田亚由美结婚，没几年他便在外面花天酒地，因此离婚了。后来他爱上另一个女明星，与她同居，但女明星又因为他太花心而与他分手。最后他又娶了一个化妆师做老婆，结果还是因忍受不了他花心而跑掉。

最近日本影坛的大丑闻，是萩原被警方抓走，原来这个已经五十多岁的明星拍戏拍到一半，迟到早退，又干扰其他演员，结果被炒鱿鱼。于是他在醉后打电话恐吓制片，说自己是什么黑社会头子的朋友，如果不付全部片酬，就有麻烦。

当面威胁或许没证据，但是萩原笨到制片不在家时打电话留言，当然被录了音。被制片人告到警察局，他要怎么抵赖也不行了。

之前，他有过抽大麻、醉后驾驶的种种案底，这次事件虽未裁判，但对他是不利的。

红得太早，没受过什么教育，是根本原因。但我们不能一概而论，像成龙、洪金宝，读的书也不多，不过他们肯努力，由一个英文字母都看不懂到上大卫·麦克尔·莱特曼的清谈节目，进步是有目共睹的。

最怕的就是那些不肯自修的英俊小生，平庸地过后半辈子算是幸运，潦倒的居多。贵妇爱流氓，这也只是在他年轻时，老了还当流氓？

形到意到，不增不减

早期的日本电影，与国产片一样，多是打打杀杀。东映公司专门拍此类片起家，他们的当家小生是片冈千惠藏。

片冈给观众最深刻的印象是在《血樱判官》中扮演的角色。助弱锄奸，到最后一场大杀之前，总把和服脱下右手一边，露出文身裸肩，对敌人说："你忘记了樱花吹雪吗？"然后将他们的血洒满地。

这位八十岁的演员去世了，他拍了六十年的戏，主演了几百部电影，与他相熟的人说："从来没有见过一个这么有效率地将收入花光的人。"

不过他的财产投资在地产、油站的数量他自己都数不清，又喜欢吃面，开了许多面店。死后有人传说他早已生活萧条，和当餐厅老板娘的情妇住在名古屋。他本来爱京都，想葬在那里，但还是被安葬在名古屋。没有人送花，也没有明星来拜祭。除了情妇之外，四个儿子分别做银行家、日航的机师、餐馆老板和兽医，大家在争他或有或无的遗产时，他的老婆只有一句话："不能原谅我的丈夫。"

但是，这只是片冈的私人恩怨，他会爱上那餐厅的老板娘一定有他的理由。在艺术上的造诣可以说是一点贡献也没有，不过，他主演的戏一直令老一辈的影迷如痴如醉。

拍过的作品有许多是大导演编导的，如他创立的千惠藏制作公司的第一部戏便请了响当当的稻垣浩，其他与片冈合作过的有伊丹万作、伊藤大辅等，拍了《赤西蛎太》《忠臣藏》《宫本武藏》《国定忠治》等。

对于他年轻时演的主角戏，他说都不懂得自己在干什么，到了给内田吐梦导《血枪富士》时，内田要把最后一场大打戏拍六百英尺（约合一百八十三米），有六分半钟那么长，片冈倚老卖老不肯拍那么长，说现在的观众不喜欢看太长的打斗场面。在日本，导演还是最后的胜利者。照导演的意思拍了，片冈才发觉内田把剧情和气氛渗入打斗中，这才知道导演的功力。他去世前还说："到现在还有导演只一味靠打，和六十年前一模一样。"

一休老了

如果你问我最喜欢看的电视节目是什么，我一定回答说是《机灵小和尚》（即《聪明的一休》）。

一休和尚这个人物实在令人着迷，他那一双大眼睛，盘足坐下，两手食指在光头上打个圆圈，"当"的一声，便能想出为人解围的计策，实在可爱。

这部动画片并非一下子吸引你，它是慢慢进入你的脑海的。多看几回后，其他人物如那老顽童将军，他的助手新右卫门，大反派桔梗屋的老板，等等，都有他们独特的个性。

打打杀杀的机械战斗士固然画得精彩，但是我相信小孩子们长大后，不会再记得那么多铁甲英雄的名字，但对一休和尚不会忘怀。

在美国及其他地区，《机灵小和尚》也很流行，配上当地的语言，可见好的东西，不分国籍，都会受欢迎。

一休确有其人，住在京都，可惜他老后不再机灵，变得尖酸刻薄。

男人的履历书

日本人一提起YAKUZA（黑帮），便用小指在右颊划一划。在他们的印象中，所有黑社会人物的脸上都有一道刀疤。

安藤升便是一个典型的YAKUZA首领，我和他是老友。为什么会交上这个黑社会人物呢？其实是在他洗手不干以后的事。

战后的御徒町都由韩国人控制，安藤独自和他们的恶势力对抗，有点成绩之后跟他吃饭的人越来越多。他们把韩国帮派赶走，组织了所谓的"安藤组"。

在无数次与韩国人的械斗之中，安藤的脸上被人用武士刀砍了一记，于右脸颊留下一条很长的疤痕，这使他更受所有黑社会人物崇拜。

日本社会安定繁荣后，安藤不像其他首领那样越搞越大，他聪明地急流勇退，解散了他领导的帮会。

靠什么过活呢？他无所适从。有个作者为他写了一本小说，叫《男人的脸是履历书》，所谓"履历"，便是他脸上的疤痕，这一下可好，小说畅销，安藤也成为大众英雄。

制片人当然不放过机会，找上门来叫他主演，他也答应了，糊里糊涂变成电影明星。

片子最后描述他如何将帮会解散，许多讲道义的老一辈黑社会人物看了在戏院大哭，吓倒普通观众。

松竹公司请潘迎紫当安藤下一部戏的女主角，我陪她去拍戏，每晚和安藤喝酒，日久成为好友。

安藤本性很怕羞，当我偷偷看他脸上的疤痕时，他会不自觉地低头，并用手遮住。

安藤告诉我："这世上没有什么人叫侠客的，要是打架杀人时还不会害怕，那他们不是侠客，是疯子。"

才华、童心，心地光明

当今，日本最受尊敬、最红的名嘴叫栗良平，每家大公司和政府机构都出重金请他去讲故事。令栗良平出名的是他写的《一碗清汤荞麦面》，每次他上台一讲起这个故事，听众都流泪，日本人说很久没有那么痛快地哭过，要哭，就得找栗良平。

《一碗清汤荞麦面》的情节是这样的：

五十年前，一个寒冷的除夕，面店里走进来一个妇人和她的两个儿子，他们三人叫了一碗面。老板见三人只吃一碗面，就偷偷地多加点面条。

"妈，您多吃一点。"小儿子说。

"您说是不是真好吃啊，妈妈？"大儿子接着说。

从此，他们一家人每年除夕都来吃面，而面店的老板从来不加他们的价钱。有一年，他们叫了两碗面来"庆祝"。问明原因，原来这家人的父亲很早以前因车祸去世了，他们母子这些年靠做些散工终于还清了所有的债务，所以今天特别高兴。面店老板和他的妻子听了，感动得偷偷抹眼泪。之后，这家人便不来了。时隔多年，两个儿子事业有成，再来北海道游玩，专程在除夕这晚到面店来。这回，他们三人叫了三碗面。

听栗良平本人声情并茂地讲述，日本人更是泣不成声。他讲的吃面的故事，日本人都深受感动，所以，他的书也大卖，第二部销路比第一部还好，短短几个月就卖了上百万本。

但是世间常有意想不到的事，栗良平成名之后，身世被调查，被发现他以前犯过欺诈罪，这一下可好，"人民的英雄"变成一个骗子，其书的销路即刻下降。本以为他会从此销声匿迹，但是说也奇怪，请他演讲的人还是不断地上门，排期排到第二年去。又有电影公司要买他的《一碗清汤荞麦面》版权拍戏，栗良平本人也出版了第三部书。可见，作者的人格与作品无关，讲的故事真假也不要紧，问题只是讲得好听不好听罢了。

栗良平的欺诈罪是怎么被发现的呢？原来他出名之后常上电视，结果被现实中真正的面店老板夫妇看到了。

原来数年前，栗良平常到这家人的店里吃面，他彬彬有礼，沉默寡言，神情忧郁。面店老板和他谈起身世，得知这个年轻人从小就是一个孤儿，从乡下来到大城市，无亲无故，目前还在失业。

面店老板好心，将楼上的一个房间免费给他住，栗良平为了报答老板，生意一忙就下来做帮手，招呼周到，常客也对他产生好感了。

老板夫妇不在时，栗良平告诉客人说他的父亲研究汉药，有一秘方，年纪大的人吃了一定恢复青春。客人也信以为真，纷纷交钱给他去配药，他每次都收三十万日元。但是，药交不出，客人开始质问面店老板，栗良平却突然逃之夭夭了。

见栗良平那么出风头，面店老板和被骗的客人没有凭据，不能报警，但向报纸和电视记者告发，令他名誉扫地。

栗良平所讲的吃面的故事，显然是住在面店时构思出来的，他到底是一个很有才华的人。

其实，作家多数有点骗子本色，编故事来骗读者，但自己也被编辑骗了，多年稿费如故，还是照写。

137

懂得赚懂得花的人生赢家

来了几次大阪后，对它的印象有改观。年轻时匆匆经过，以为是一个到处见烟囱的工业城市罢了，没有京都那么优雅，也不及东京繁华。

接触了大阪人，才知道他们思维敏捷，做事决定得快，和中国香港人有很多相同之处。

工业已逐渐搬离，大阪剩下的是庞大的商业组织。是的，大阪人是日本人之中最会做生意的，从他们的报纸可见，《朝日新闻》和《每日新闻》，都不及《日本经济新闻》销得好，好像每个人都中意做买卖。

生意之余，他们大吃大喝，食的花样较东京多，也比东京便宜。人们懂得赚也懂得花，游水海鲜最先在大阪流行。

大阪人讲的是关西话，和标准日语不大相同，像"谢谢"的Arigato，关西话说成Okini，其他乡下地方的人到了东京，都弃地方口音改为说标准语，只有大阪人坚守关西语，懒得管你懂不懂，这是他们相当自豪的一件事。

说到态度，大阪人没有北海道人热情，大都市人总有一份冷漠感，一旦做了朋友，却会发现他们很深情，我有许多大阪旧交，几十年后见面还和当年邂逅时那么亲切。

和大阪人做生意多了，就摸得清他们有几副面孔：先是笑融融的，一杀他们的价，便摆出一副愁眉苦脸的样子，接下来是苦苦地哀求，还做不成的话，大阪人便表现出先不在乎，后来变成愤怒，说怎么可以那么欺负他们，最后见对方也让了一步，他们又是五四三二一地愤恨、不在乎、可怜、哀愁，最后回到笑融融。

总之，和大阪人做买卖比和京都人容易，京都人皮笑肉不笑的，永远猜不出他们在想些什么。东京人的决定太慢，从来不肯一个人拿主意，要死也要把整家公司拖下水，不是一个人的错。懂得大阪人的性格，交女友就利索，要与不要分得清楚，不会拖。

第四章 都不如快活了便宜

小泉八云：幽默、光辉和韵味

《怪谈》这部日本片相信很多人看过，改编自小泉八云的同名短篇小说集，大家以为他是日本人，其实小泉的父亲为爱尔兰军医，被派遣到希腊，与当地女人生下了他。

小泉（一八五〇年至一九〇四年）的原名叫Lafcadio Hearn，19岁时去美国流浪，后来当了多年的记者。到中年，他兴之所至地乘船到日本，爱上了那个国家，于《我的东洋第一天》中，他写："……日本风味的东西都是那么纤细、巧致，令人赞叹。一对普通的木筷子装在绘着画的纸袋中，一支牙签也要用三张纸包好，车夫用来擦汗的布巾画着飞跃的麻雀……"

之后，小泉留下来，以教英文为生，娶了小泉节子后改名小泉八云。

他的作品很多，反映出一个流浪者罗曼蒂克的梦，以简单淳朴的文字，写出诗一样的美景。

读《怪谈》，我们会发觉其内容和精神基本是出自中国的《聊斋志异》。

日文版本中，译者更加上了许多原文所写的美丽辞藻，令读者如痴如醉。

外籍的许多作者中，日本人最推崇小泉八云，这大概是因为其他人不肯像他一样归化为日籍的缘故吧。

许多人写日本，都着重叙事，对没有接触过日本的读者来讲，初看时有点新鲜感，但对作者本人，相信时间一久，重读自己所写，就变成老生常谈。

小泉八云和其他人不同的地方，就是作品中有幽默成分、有光辉、有韵味。

我们常见日本有个叫达摩不倒翁的玩意儿，它瞪大了空白的双眼，大胡子，样子凶恶又调皮，在许了一个愿后便画上它的左眼，等到愿望达成后再画上右眼。报刊国际版里，大选赢了后，总有首相用毛笔画巨大的达摩不倒翁的眼睛的照片。

在《乙吉的达摩》这篇小品文中，小泉描写他去一个贫穷的渔村，当地没有旅馆，他住在一家鱼店的二楼，老板乙吉殷勤地招待他。房内，他注意到那个架子上的小达摩不倒翁，只画了一只眼。

不倒翁的双眼被画上后就要换一个新的，不会画第三只眼睛，不然就像"三月小鬼"了，小泉轻松地想。

能够把神明做成玩具，是出自淳朴之心，也表示平民善良的个性。小泉感慨。

临走前他好好报答乙吉，发现那个达摩在看着他，用的是

143

双眼。

另外，在小泉八云写的《日本印象》(*The Impressions of Japan*)中，收录了他的一篇小品文《人形之墓》。

"人形"即布娃娃的意思。

作品由一个小女孩用平坦又尖锐的声调讲述她一家人的事：她与祖母、父母和哥哥，过着平凡又幸福的日子。父亲染病后，本以为没事，不料第二日就死去。母亲悲哀过度，八天后也跟着身亡。邻居都说要马上做个人形之墓拜祭，但是哥哥为了担起一家人生存的担子，忙得把这件事也忘了。

什么是"人形之墓"呢？

如果一家人在同一年死去两个，那么就要在坟墓旁边做个小的坟墓，里面埋个布娃娃，由和尚写个戒名，要不然，家中就会有第三个人没命。

第七七四十九天的那个晚上，哥哥忽然病了，梦中好像和妈妈讲话，说："好，好，妈，我就来。"又说母亲在拉他的袖子。祖母跳了起来，全身颤抖，大声责骂妈妈："你生前我对你多好，我们现在全要靠这个孩子养活，你要带他走，就把我一起抓去！"

最后，哥哥和祖母还是相继死了，留下写这个故事的小女孩。

在小泉的笔下，祖母骂母亲的那一段文字令人毛骨悚然，是篇令人难忘的文章。

老人与猫

土猫才有灵气，才讨人欢心

岛耕二先生已经八十岁。

《金色夜叉》《在有乐町相见吧》等名片，都是他导演的。他年轻时，身材高大，样子英俊，曾主演过多部电影。他一生爱动物，尤其是猫，家中长年养七八只，现在年事已高，失去昔日之潇洒，样子越来越像猫。

在东京星期日不能办公事，便向我从前的女秘书说，不如到岛先生家坐坐。她赞成，不过，她说：可不能穿好的衣服，不然全身将被猫毛黏满。我笑称早已知道：你没有看到我穿的是牛仔裤？

他家离市中心很远，从火车站出来，经过一段熟悉的路，抵达时，见其旧居已焕然一新，改成两层。走上楼梯，岛先生开门相迎，我们紧紧拥抱。

一见面，第一件事当然是喝酒。他喜欢的是一种价钱最便宜的威士忌，樽子有日本清酒那么大，我们两人曾干过无数瓶。

下酒菜是他亲自做的煎豆腐渣，他将这种喂动物吃的东西加工后，以虾米、葱、芹菜、肉碎等文火煎之，去水分，一做要两三个钟头。他说，时间，对他已没有以前那么重要。

猫儿们也有一份。大块一点的肉类，他一定先咬烂后才喂，猫一只只轮流来吃，毫不争抢。目前住在他家里的共有六只，另外两只在吃饭时间才出现，它们是不肯驯服的野猫。

我们看到的都是土猫，岛先生说过他最不爱名种猫，名种猫娇生惯养，毫无灵气，一点都不得人欢心。

我伸手去摸其中一只花猫，它忽然跳起来假装要咬我，我放开手，它又走近依偎着我。

"这一只名叫'神经病'，不要怕，它不会咬人，反而最容易亲近新朋友。"岛先生说，"我拍电影，钱已经没以前多，把这个房子改成两层，下面一层租给女学生们住，她们多数是学音乐的，最喜欢上来抱'神经病'。"另一只步履蹒跚的白猫走了过来，往他怀中钻，他说："阿七已经十岁了，照猫的年龄，和我一样老。年龄真是一件奇怪的事，二十年前你二十岁，我大你两倍，二十年后，我只不过大你一倍罢了。"

又有两只走来。他说那是同一个母亲生的，但颜色不一样，叫黄豆和黑豆。

"爷爷，爷爷。"一个年轻的女房客不敲门便走进来。岛先生笑骂道："不老也给你叫老了。"女房客一个箭步跳上前抱着他，问道："今天有什么东西吃？"

"她叫阿花。"岛先生向我解释，"学钢琴的，每天早上都让她吵死了。"

说完拍拍阿花的头，说："今天不行，留给客人吃，好不好？"

阿花"唔"的一声，点点头走下楼去。

"她们常跑来把我辛辛苦苦做的下酒菜都蹭光了。"岛先生说。

"那怎么行？至少也要留点给自己。"我说。

他笑着摇摇头："对猫，我已经不留了；对人，我怎么忍心？"

这时，又有一只巨大的黑白猫走来，趁岛先生去拿冰块的时候，一屁股坐在他的座位上。岛先生回来一看，说："它有十公斤重，叫'蒙古人'。"

说完便坐在"蒙古人"旁边，抽出柔软的面纸为它擦干净眼角。倒抓它颈项的毛，它舒服地闭起眼睛。

"'蒙古人'真可怜，"他说，"来我家的时候，已经被它以前的主人去势了。"

我看到"蒙古人"的两粒睾丸，正要问岛先生去势了的猫为什么还有那两团东西时，他说："讲个猫笑话给你听吧，我有一千零一个猫笑话。"我们拍手称好。

"从前有一个很有钱的寡妇很喜欢猫，家里养了十几只。

147

但她还是感到很寂寞。一天,阿拉丁神灯的巨人给她三个愿望,她的三个愿望都是要把这十几只猫变成英俊的男人。'啵'的一声,果然灵验。寡妇马上张开她的腿,但是,这十几个美男子异口同声地说:'你忘记了吗?我们都被你去势了。'"

他说后,大家大笑,岛先生摸摸"蒙古人"的头,对我说:"猫儿们要是坐在我的椅子上,我绝对让它们一直坐下去,如果是我的老婆这么放肆,早就被我赶跑了!"

不是我养猫,是猫来陪伴我罢了

年轻时候的我,并不爱动物,被岛耕二先生家那些猫包围着,有点恐怖的感觉。

岛耕二先生抱起一只,轻轻抚摸着说:"都是流浪猫,我不喜欢那些富贵的波斯猫。"

"怎么一养就养那么多?"我问。

"一只只来,一只只去。"他说,"我并没有养,只是拿东西给它们吃。我是主人,它们是客人。'养'字,太伟大,是它们来陪我罢了。"

我们一边谈工作,一边喝酒,岛耕二先生喝的是最便宜的威士忌Suntory Red,两瓶份一共有一升半的那种,才卖五百日元,他说宁愿把钱省下来买猫粮。喝呀喝呀,很快就把那一大瓶东西干得精光。

又吃了很多岛耕二先生做的下酒小菜，肚子一饱昏昏欲睡，就躺在榻榻米上，常有腾云驾雾的美梦出现，醒来发觉是那群猫儿用尾巴在我脸上轻轻地扫。

也许我浪费纸张的习惯，是由岛耕二先生那里学回来的。当年面纸还是奢侈品，只有女人化妆时才肯花钱去买，但是岛耕二先生家里总是这里一盒那里一盒的，随时抽几张来用。他最喜欢为猫儿擦眼睛，一见到它们眼角不洁净就对我说："猫爱干净，身上的毛用舌头去舔，有时也用爪子洗脸，但是眼缝擦不到，只好由我代劳了。"

后来，到岛耕二先生家里，成为我每周的娱乐。之前我会带着女朋友到百货公司买一大堆菜料，两人捧着上门，用同一种鱼或肉，举行料理比赛，岛耕二先生做日本菜，我做中国菜。最后由女朋友当评判员，我较有胜出的机会，女朋友是我的嘛。

我们一起合作了三部电影，最后两部是在新加坡出外景。遇到制作上的困难，岛耕二先生的"袖中"总有用不完的妙计，抽出来一件件发挥，为我这个经验不足的监制解决问题。

半夜，岛耕二先生躲在旅馆房中分镜头，推敲至天明。当年他已有六十多岁。辛苦了老人家，但是我并不懂得去顾惜，不知道健壮的他，身体已渐差。

岛耕二先生从前的太太是大明星、大美人的轰夕起子，后来的情妇也是年轻美貌的，但到了晚年，却和一位相貌平凡、开裁缝店的中年妇人结了婚。

羽毛丰满的我，已不能局限于日本，而是飞到世界各地去监制制作费更大的电影，不和岛耕二先生见面已久。

他逝世的消息传来。

我不能放弃一班工作人员去奔丧，第一反应并没想到他悲伤的妻子，反而是问："那群猫怎么办？"

回到香港，见办公室桌上有一封他太太的信。

……他一直告诉我，来陪他的猫之中，您最有个性，是他最爱的一只。

（啊，原来我在岛耕二先生眼里是一只猫！）

他说过有一次在槟城拍戏时，三更半夜您和几个工作人员跳进海中游水，身体沾着漂浮着的磷质，像会发光的鱼。他看了好想和你们一起去游，但是他印象中的日本海水，连夏天也是冰凉的。因身体不好，不敢和你们去。想不到你不管三七二十一地拉他下海，浸了才知道水是温暖的。那一次，是他晚年中最愉快的一个经历。

他逝世之前，NHK派了一队工作人员来为他拍了一部纪录片，题名为《老人与猫》，在此同时寄上。

我知道您一定会问主人死后，那群猫儿由谁来养？因为我是不喜欢猫的。

请您放心。

托您的福，最后那三部电影的片酬，令我们有足够的钱把房子重建，改为一座两层楼的公寓，有八个房间出租给人。

在我们家附近有所女子音乐学院，房客都是爱音乐的少女。有时她们的家用还没寄来，就到厨房找东西吃，和那群猫一样。

吃完饭，大家拿了乐器在客厅中合奏。古典的居多，但也有爵士，甚至有披头士的流行曲。

岛先生死了，大家伤心之余，把猫儿分开抱回自己房间收留，活得很好……

读完信，禁不住滴下了眼泪。那盒录影带我至今未动，知道看了一定哭得崩溃。

今天搬家，又搬出录影带来。

硬起心肠放进机器，荧光幕上出现了老人，抱着猫儿，为它清理眼角，我眼睛又湿润，谁来替我擦干？

老浪人，她寂寞

日本是一个有很多老人的地方。据人口调查表显示，六十岁以上的有一千零六十万人。这个数目还一直在增加。

两个人辛辛苦苦养育的儿女，多数不会和他们住在一起。与父母见面，大概只有逢年过节，或者需要免费佣人的时候。

因为日本的公积金、退休金和健康保险福利完善，而且有种种简易的储蓄制度，所以老人栖身之地是没有问题的，但是到底在通货膨胀之下，生活并不充裕。

日本有许多给老人去的公园、庙宇和神社，以及各种剧院等，但行动不便的他们，日子还是在家中度过。他们对于老，已经做好准备。女人多是学插花、茶道、古筝，更实用的是腌梅子酒、泡萝卜干。男人读书、下棋、看电视。国家电视台有许多让老人欣赏的节目。

认识一个守寡的老太太，与儿女不相往来。她一个人没有生病，也是每天换一家医院就诊。东京有好几百家医院，她已经轮流去了九年。她寂寞。

尘世忘不掉

自从和加藤分开,已有二十年。

做学生时,加藤在嬉皮士出没的地方遇到一个美国水手,送给他半根大麻,他刚要抽,就被警察抓到。

被判罪之前,他要求我们为他请个律师,证明抽大麻的害处不多过酒精,虽然一定要入狱,但也要留下一个记录,让后人多一份证据。

三年后出狱,我已离开东京,他身穿黄袍,出了家,他告诉我的女秘书他要由日本走路到中国香港来看我。

这么多年来,我也常想起他,不知道他人在哪里,某一天去西藏拍外景时,会不会遇到他为凡人念经?

这次我重访东京,在十字路口听到有人叫我。

转头,不是加藤是谁?

大喜,想抱他,但又不知道和尚吃不吃这一套,手停在空中,他反而亲热地前来摸我的头发。

"我现在住在美国,我们在乡下有个小小的庙,刚好有点事回东京，想不到会遇上你。"他微笑着说，"每次回来，我都到你的办公室找你。"

"当了和尚，还记挂着我们这些俗人干什么？"

他点头："尘世没法忘记，到现在还是有很多苦恼，或许一直到死那天，也丢开不了。"

我仔细观察加藤，发现他的样子和二十年前没有什么变化，神态倒是安详得多，大概是因为吃素的关系吧。

"你还喝不喝酒？"我不客气地问。

"偶尔。"他答得坦白。

"吃肉呢？"

"偶尔。"

我还天真地以为他已放弃了一切。

"我现在最想做的，就是去柬埔寨和缅甸，把去世的日本人的骨头捡回来。"加藤说。

我已忍不住地骂他："你这家伙，到现在还是迷恋电影，要学《缅甸竖琴》里那个和尚。"

加藤尴尬地承认："当年你包中国饺子给我们吃，我也一直记着。"

转个话题，我好奇地问："美国现在流行很多旁门左道的宗教，那是为什么？"

"都是因为我们这些正式和尚不够努力。"加藤叹了一口气后双手合十。

我不知道这个又喝酒又吃肉又忘不了往事的人是怎样一个和尚，但是至少他没有把罪归在别人身上。

我们互望，已到再次分开的时刻，相拥后走远。

都是可怜的人间

在东京的小寿司店里，跟隔壁一个六十岁的老头聊起天来。问他干些什么，他回答说是职业追债人。

日本的许多财务公司很轻易地把钱借给人，只要有固定的职业和薪水，就可以随时向他们借到现金。对于利息，财务公司有一套你永远搞不懂的计算方法，反正头头是道，怎么讲也讲不过他们。一下子，你要还的利息变成原来借的一倍、两倍、三倍，一辈子也还不清。

钱还不出，财务公司有一千零一个办法逼你，最后许多人忽然失踪，或被追得疯掉，还有的一家自杀了。虽然如此，日本借钱的人还是不断，打开报纸，差不多每天都有类似的新闻。

这老头子便是财务公司的"道具"之一，他的工作是看谁不还钱，便搬到谁的家里去住。

"那他们不会报警抓你吗？"我问道。

他说："当然会啦，我们去逼的是那些个性比较软弱的，他们自己知道理亏，又经我恐吓一下，便不敢去找警察。那些个性强的，我们有另外一套办法去对付。"

"你住在人家家里，每天干些什么？"我又追问。

"什么也不做，看看报纸啦，还好有个电视机，不然便闷死。选的当然是我自己要看的节目，他们不敢出声。而且，还要叫他们做一日三餐给我吃。"

他洋洋得意地说："我的老板对我也不错，前天还买了一大包水果来看我，我叫他们拿酒来招待老板，他们好像不大愿意，老板又联合我吓唬他们，结果不但有酒，还有寿司呢！"

"你总有一天会闯祸的。"我说。

他点点头："已经闯过啦，有一次逼得他们厉害，结果他们逃掉，邻居看他们可怜报了警，我被抓进去，关了六个月才释放出来，不过，有吃有住，也不错啦。"

"这么缺德的事，怎么做得了？"我问。

"有什么办法，我自己也是因为向财务公司借了钱，还不了才这么做的。"他答道。

厄

一向喜欢读法庭里裁判有趣案子的报道。近日接到家父来信,提及多年前在日本的的士司机猥亵嫌疑事件,不知你喜不喜欢听听?

有位勤劳的出租车司机,在经济不振的当年,怎么拼命载客,也不过仅仅糊口,因为除了老婆之外,还有一群儿女要养。

全家人只能租一间四叠半的小房间,一共才八十一平方英尺[1]那么大。厕所在走廊与他人共享,入浴要跑到老远的公共澡堂子。

洗完澡回家,夫妻四目相对。但是,看那群小鬼还在温习功课,只好痴痴地等。终于一个个入寐,最小的儿子还要看连环画,老子急了大喝一声,儿子白了父母一眼。

母亲把灯关上,黑暗中传来窸窸窣窣的声响,小儿子明知故

---

[1] 约合八平方米。

问:"你们这么吵,我怎么睡觉?"

结果又无事过了一夜。

几个晚上都是如此。过了数日,老子的眼中已发出红光,叫老婆起身,两人乘自己的士去游车河[1]。

到了郊外,车子一停,急不可待地宽衣解带,正要行周公之礼时,一道强烈的光线照入,把他们吓个半死,警察们围上,告他们在公众场所做淫秽行为。

法庭上,戴老花眼镜的法官高高上坐,问的士司机道:"对方是你的什么人?女朋友、情妇,还是妓女?"

"不,不,法官大人,那是我的老婆。"我们的主角回答。

"咦?"法官翘起一边眉毛。

"请听我细诉!"的士司机说。他原原本本地把生活之苦描述了一遍。

他一面说一面流泪,老法官听了,也拿出手帕来擦鼻子。陈述完毕,流泪的法官把警察的报告重读一遍。检察官声色俱厉地说:"请求法官大人将这对狗男女定罪。"

老法官说:"住口!性行为还没有发生。夫妇互相看看罢了!无罪释放!"

---

[1] 粤语方言,意为乘车兜风游逛。

159

花开多风雨，别离是人生

日本的摄影界中，无人不识立木义浩。

进过他的镜头的美女无数。

立木来了中国香港，我们一起吃饭。

"通常拍有名的艺人，她们是不是一走出来就脱得光光的？"我打开话匣子。

"不。"立木说，"和普通女人一样，扭扭捏捏地遮掩这里那里。这还不算，有时还对我说，拍我左边的脸比较好看！我从相反的右边拍了，还是那个样！"

在旁的人听了都大笑。

"依你的眼光，女人身上哪一个部位最漂亮？"

"背脊。"立木转过身来示范，"女人的脊椎骨蛮性感的，当然颈项最美。"

"日本人都强调这一点。"我说，"是不是穿起和服来，露在外面的只有这个部分，所以你们都认为性感？"

立木微笑："日本女人多是腰长腿短，当然是看背脊最好。

她们的臀部也多数是薄的，日本男人看惯了，反而对西方的翘屁股女人不感兴趣。你呢？你认为女人哪个地方最美？"

"腰。"我斩钉截铁，"腰细的话，腿一定长，而且腰是无法用整形来弥补的。"

立木同意地道："说得也是。"

"你拍女人的时候，是不是可以用光线来把她们的腰拍得细一点？"

"灯光、镜头的角度，都可以补救，但是帮助不大，太粗的腰，怎么拍都粗。美国《花花公子》杂志拍老牌'小肉弹'泰瑞·摩尔复出时，用一块黑丝绒把她的腰遮了一点，是个好办法。但是杂志太贪心，用太多张照片，就被看穿了。总不能每一张都身包黑布呀！"立木大笑，"不过，有时我也挺怀念旧时画家的裸体模特儿，她们都是健康的、粗大的，也有另一种美感。"

这一点我也赞同。

立木继续说："这种女人已经渐渐消失。自从牛仔裤出现，女人的屁股就越绑越小了，如果要找大屁股的女人，只有肥婆身上才找得到。"

众人又笑了一轮，老酒再下肚三杯。

"还常拍裸女照片？"

"不大拍了，让年轻人去搞吧。"

"不过立木先生最近在一个电视节目中拍了一辑。"旁边的杂志编辑田中插了一句。

"对对。"立木说得兴起,"电视的一个特辑里要我拍裸女,结果有两百人来应征,有的跟着男朋友来,有的和老公一起,还带着女儿和儿子,我都推掉了。结果选了十个,她们都不是职业模特儿,一来就把衣服脱光,站得直直。对我说:'什么?还要做表情?'真把我气死!"

"受过训练的对象中,哪一个最有趣呢?"

立木回忆:"身材另当别论,最有趣的当然是有个性的女人。像我从前拍过的加贺麻理子,她是一个在都市长大的女人,在大都市中她如鱼得水,但是有种忧郁的倦态感,我把她带到乡下,她即刻活泼起来,像个美少女妖精,让我看到她的另外一面。"

"还有哪一个印象较深?"

"唱歌的小柳留美子。"立木笑道,"她调皮捣蛋,在拍照的过程中一直说男人的屁股比女人的漂亮,把我乐死了。"

"男人呢?"

"高仓健。"立木说,"他最近拍了市川昆导演的《四十七人之刺客》,要我做造型师。高仓健是一个老派的日本人,鞠起躬来作九十度。看了我起初为他拍的几张照片,喜欢得不得了,以后有一些重要的场面,就打电话来要我去拍。有一次我去九州拍别的东西,他打电话来,我只能马上乘飞机赶去东京。其实我心里一百个不愿意,但他是一个重感情的人,我不能逆他的意,对于这种人物,我做死了也肯干。高仓健那天拍斩下敌人首级的结尾戏，我建议他用牙咬着头颅上的辫子，向镜头奔来。高仓健大叫好，说真有点超现实的感觉。电影也照拍了，可惜导演市川昆太过保守，没有用这个镜头。"

话题又转回裸女："日本的法律不是禁拍毛发的吗？"

"是啊！"立木说，"但是这一两年中，所有的杂志都一齐刊登这样的照片，政府罚不胜罚，只好收声。"

"这简直是一场革命嘛。"

"说得对，是造反成功！"立木又笑了。

"女人在什么时候决定脱衣服？"

立木肯定地说："在失恋的时候，在失意的时候。"

"这里也一样。"

"对。"立木严肃地道，"和把长发剪短了的心态相同。她们要脱的不是衣服，而是脱壳，这种蜕变是本能的，不可以压制的。她们要重新出发，要以一个全新的姿态出现，这是一件很自然的事。"

大家都同意立木的说法。

表情一变，立木露出顽皮的笑容："现代的女人不同，先问你可以出多少钱。"

酒醉饭饱，临走前立木送了一本他的写真集给我，在封底写着"花开多风雨，别离是人生"几个字。本来，生命的开始就往死亡渐近。这首似汉文非汉文的日本诗，也有道理。不过见了那么多的裸女，立木的一生，也无憾吧。

痴绝的快乐

荻原是一个很爱很爱书的人。

荻原在雪国的新潟县长大，从小就立志要到东京去，"因为，那才是天下书籍最多的地方"，荻原想。

中学毕业后他向贫穷的亲戚朋友借了路费，就一个人坐火车上路。起初他连房子也租不起，只在戏院中看电影过夜，后来在一家喝茶店找到了工作，才在东中野车站前找到了一间木造的公寓，住在二楼。

一百五十二平方英尺[1]，这便是荻原的天地，有了这个据点，便能施展他的爱书活动。

喝茶店的日薪只够他付房租和每天一碗的拉面或咖喱饭，荻原哪有钱买书呢？

顺手牵羊是初入门的技术。渐渐地，荻原学会观察电视防盗

---

1 约合十四平方米。

机的角度,在绝对拍摄不到的位置将书放进袋子里。到了夏天,他穿着宽大的夏威夷T恤衫,更能灵巧地把一本厚字典插在裤腰后面带走。

最后进步到胸前绑个铁夹子,将书一钳,便牢牢地钉住。荻原的"借书"方法是天衣无缝的。

不大的房里,堆满了书。

命运也。一天,地板受不住书的压力,塌了下来,案情才被发觉。

荻原是一个很爱很爱书的人,法官说完轻判了他。

其他时间花在耕耘上

在拍《金燕子》的时候，我用了一个日本的美术指导，名叫大鹤泰弘。

此人大有来头，是日活片厂屈指可数的大师，石原裕次郎的许多卖座片都是由他设计的。

当时我很年轻，大鹤大概看我不顺眼，处处与我为难，弄得我不容易下台。说什么我也还是一个制片人，为了整体的团结，我忍了下来。

以为这样便能无事，哪知这家伙变本加厉地作怪。一天，收工后我约他到一个无人处，对他说："不要做人身攻击，先把戏拍好再说。要是你忍不住，那我们现在就一个打一个，来吧，我不怕你。"

他快要动手，但到底还是没打成。之后，我们的关系处得就比较好了。

拍片期间各自在工作上表现良好，也就顺利地拍完外景。杀青那晚，他拿了两大瓶清酒来我房间，大家喝醉，不分胜负。

接着，我带队和陈厚、何莉莉等去马来西亚拍戏，大鹤也是工作人员之一。

在南洋，他接触到当地民生的悠闲，是在繁忙的东京无法领略的。回到日本之后，他开始蓄胡子，又喜欢到各地旅行。

后来，他干脆连电影也不干了，拿了公积金和一生的储蓄去开餐厅，专卖咖喱饭。生意不错，但是还不满足，卖掉了餐厅之后，他奇装异服地到处流浪，成为一个老嬉皮士。

疲倦地回日本后，他在乡下买了一块地，种田去也。这些年来他忙于写作，自费出版了一本叫《我的田园归》的书，送了我一册。

我以为是什么诗赋，大鹤始终是怪人一个，里面写的尽是关于一个城市人如何成为乡下人的方法，如土地的契约怎么办理，买什么肥料，等等，一点也不诗情画意。

上次去乡下找他，他是变了一副百姓相，只有那双闪亮的眼睛和以前一样。他说，他怀念电影，偶尔也打游击式地去东京做一部戏的美术指导，其他时间都花在耕耘上。

当时我们大醉，又是不分胜负地收场。

介护，介护

照顾病人，日语说成"介护"，"护"字不错，有了个"介"，就有"介入""看管"等意思，并非照顾病人那么单纯了。

从中国老话"久病床前无孝子"这一句，可以看出错并不在病人，而是照顾病人的人变了心。

导演过《圣诞快乐，劳伦斯先生》的大岛渚，近况如何？原来他已中风，不能行动。

数十年前他和松竹公司的花旦小山明子结婚，婚后太太对他照顾得无微不至，大岛也没闹过什么绯闻，两人相敬如宾。

大岛来中国香港参加影展，由我导游，带他到太平山顶等名胜走走，相谈甚欢。晚上，我和他去荷东跳迪斯科，原来他从没到过这种娱乐场所，兴奋得很。

那时候流行喝墨西哥特基拉，灌入苏打，用纸垫盖住杯口，往吧台大力一敲，气冲上来，一口干掉，不胜酒力的人一杯就醉。我记得大岛连喝七八杯，面不改色，可见他的酒量不错。

那么一个大男人，生病后一切都要靠太太，上洗手间也不方便，要包尿布，对大岛来讲，是个莫大的耻辱。

身体不能动，思想还是活跃的，想喝点酒时太太当然不许，这不能吃，那要忌口，大岛坠入痛苦的深渊，脾气愈来愈大。

有一天，忽然在餐桌上倒下，不省人事，他的十二指肠爆裂，又被送进医院做手术。都以为这次玩完了，但大岛顽强地活了下来。这时，他太太发觉"护"而不"介"的道理。

喜欢的啤酒一餐一两杯，什么都听他的。说也奇怪，大岛的身体一天天康复。

当今，天气好时推轮椅，让大岛去他拍过电影的景点，缅怀过去的光辉。他太太也到各处演讲，教导听众怎么照护病人。有点像童话的收场：今后他们快乐地生活下去。

有些事，不做比做好；
有些问题，不答比答好

我到东京去参加一个烹饪的比赛节目，当评判员。

日本人很热衷搞这一类的电视节目，非常受观众欢迎，每周有四五个定期的，每次都一小时，最"长寿"的还一做做了六年。

由电视台选出三个大师傅，分别做日本菜、法国菜和中国菜，称之为"铁人"，再让其他著名餐厅的主厨前来比试，称之为"挑战者"。主题的材料，是鱼或肉，双方事前都不知道。

"这次的挑战者你一定会喜欢。"编导遇到我时，笑嘻嘻地向我说。

"身怀绝技？"我问。

对方摇头。

"是个美女？"这次错不了吧。

对方还是摇头："别心急。"

有什么大师傅没见过呢？做什么神秘状？

音乐大响，三个"铁人"由舞台下升起，此边厢，烟雾之中出现了挑战者。

一看,是位清秀的尼姑,三十岁左右。

节目主持人把布掀开,露出此回比赛的主题材料,是腐竹,虽说很公平,但也事前安排好,不然出现的是肉,怎么下场?不过,日本僧尼并不斋戒,会烧肉也不出奇。

挑战者从三个"铁人"之中选一位来决斗,她挑选了做日本菜的铁人,细声说:"我做的也是日本料理,如果选法式或中式,就难见高下。"

要在一个小时之内,各做几道菜让三名评判员吃,铁人抢先一步,踏上舞台拿了很多腐竹,挑战者则一动不动,先把矿泉水倒入大锅中烧。

不只观众好奇,连我们当评判员的都想知道她的葫芦里卖的是什么药。讲解的司仪拿着麦克风去采访她,挑战者说:"腐竹要新鲜的才好吃。"

说完把大豆放进搅拌机磨浆,用一口两层的锅,下面的锅烧开水,上面的放滚开了的豆浆蒸着。

那么短短的一小时,来得及做出腐皮来吗?我们都替她担心。

铁人已将腐竹用水浸开,加鱼子酱、鹅肝酱和法国黑菌,又煎又煮又炒,手法娴熟地准备了五道菜。

那边挑战者拿了松茸在小灰炉上烤,清香味传来,她仔细地用手把松茸撕成细丝。

时间愈来愈紧迫，铁人气喘如牛，加上不断地试食热菜，上衣被汗水浸透。

挑战者则按部就班，很是从容，食物不沾唇已知味道，头上不见一滴汗珠，僧袍不染菜汁。

豆浆表面冷却后凝成一层层的腐皮，她用绿竹签挑起，有些就那么抛入冰水中。其他配料已经准备完毕，就等这最后的过程。

"叮"的一声，一小时很快地过去，双方停手。

轮到我们评判员登场，摆在桌上的菜，铁人做了五道，挑战者只有三道，加一碗饭，一小碟泡菜。

铁人的腐竹有了鱼子酱等高贵的材料搭配，色香味俱全，的确美味绝伦，评判员都觉得满意。

至于挑战者，第一道是前菜，只见碟中一堆腐竹，试起来香味扑鼻。原来是将鲜腐皮切开，和撕开的松茸掺在一起，颜色略同，看不出其中奥妙，吃了才知。

第二道是将鲜腐皮炖了，加入乳酪和荷兰豆及红萝卜丝，甜味来自香菇汁。

第三道是清汤，用大量的黄豆熬好当汤底，漂着炸过的鲜腐竹，上桌前摘菜心的小黄花点缀。漆器的碗本来应该是黑色的，但碗底再铺上一层腐皮，像件瓷器。

白饭炆成之前用荷叶当锅盖，呈翡翠色，掺着的黄色的饭，原来是用鲜腐皮搓成的米粒；泡菜是高贵的紫色，是用茄子汁染的切片腐皮卷,淋上柚汁。

味道清淡之中,变化无穷。

评分表上,我给挑战者满分。

结果发布,铁人赢了,他兴奋地举起双手答谢观众的掌声,挑战者保持笑容。

事后,我在休息室的走廊抽烟,挑战者迎面而来,轻声地对我说:"谢谢你,只有你帮了我。"

"做僧尼的,不应注重成败。你为什么来参加这种比赛?"我见她外表脱俗,可以直接问。

"这个节目本来就是一场游戏,你的分数公正,但其他两位日本评判员是常客,如果铁人每次都被打败,节目怎么做得下去?我早就有心理准备,来玩玩罢了。"

"尼姑也可以抛头露面?"我问。

"我们日本的佛教教条比较入世,不会被人骂的。"她解释,"尼姑也是人,偶尔玩一下,无伤大雅。"

"为什么你会剃度?"我又问。

挑战者惨淡地微笑:"我们的寺院庵堂,住持都是世袭的,僧尼也可以结婚生子。我哥哥怎么能住持庵堂?只剩下我,唯有这条路可走。走一走后也觉清净可喜。我从小对烹调有兴趣,就在庵堂开了一家素菜馆。"

"那你有伴侣吗?"我想问她有没有丈夫,但还是选择了这恰当字眼。

"有些事，不做比做好；有些问题，不答比答好。烦恼减到最少，最好。"她双手合十。

我目送她的背影走远。

脸 红

我们一行六人去吃天妇罗。

柜台一角坐着一对男女,男的样子很年轻,女的拼命叫东西给他吃,又时常摸他的面颊。

"他们不是住在我们房间对面吗?"友人说,"反正他们不会广东话,不要紧。"

"那个女的看起来像个女强人,"又有人说,"这个男的,是不是鸭?"

"我看八成是的。"另一位朋友说。

话题由这对男女转到香港的少夫老妻,大家七嘴八舌,各持己见。

"喂,喂,"另一位友人对我说,"你会讲日语,问问他们是什么关系?"

"这种话怎么问得出口?"我自顾自地喝酒。

最后,拗不过大家的请求,我拿起酒壶,对那男的说:"来一杯,如何?"

日本人有相互敬酒的习惯，拒绝对方是不礼貌的，于是那个男的即刻道谢，拿起酒杯让我为他倒酒。

"你们来玩？"男的问。

"是。"我说，"我住在这家餐厅经营的俵屋，你们是不是也住在那里？"

"不。"女的代男的回答，"我们是地道的京都人。"

把她的对白翻译给友人听，其中一位说："明明在酒店见过，难道是看错人了？"

"我直接问你一句，希望你不认为是我失礼。"我说，"请问你是干哪一行的？"

"我是一个男性化妆品的发明人，用过我化妆品的人，一定青春永驻。"男的说。

"真的有效吗？"我好奇。

男的说："看看我，就是一个例子，我今年六十了。"

他们走后，餐厅大师傅告诉我们："这对夫妇最恩爱了，每个礼拜都来吃东西。"

大家听了都脸红。

可贵的是天真

在天地图书看到架子上有本《心井·新井》的书，就知道是新井一二三的作品。

一口气读完，看出版社的介绍，还有《东京人》《读日派》《可爱日本人》《东京的女儿》四本新书。

以为新井回到东京后会做一个家庭主妇，想不到这几年来还是不断创作，看书好像遇到了老友，认识她是在她住在中国香港那一段时期，十几年前了吧。

日本女人能讲流利的汉语或广东话的不少，但是能用中文写作的只有她和一条小百合了，两人的文风不同，各有所长。

新井一二三的文章总是清新可喜，最主要的是那一份"天真"。从来不把读者当成陌生人，这一点，很"假"的女写作人也能做到，不过新井好像和一个爱她的叔叔或者阿姨聊天，无所不谈，很坦诚，不造作地轻描淡写她年幼时在铁路桥下面被成年男子摸过胸部。在另一篇文章中，她说的是在深圳打胎的过程，没有遮掩，也没有修饰。文字的震撼力，就那么产生出来，不是一般的写作人可以做得到的。

在《东京的女儿》中,新井讲的东京各地,我都去过。而且还有一个巧合,那就是我们曾经做过邻居,那是数十年前的事。

新井的家族生意开在东中野车站附近,我就住在大久保和东中野之间的柏木区。后来新井的爸爸在东中野开酒吧,我记得东中野的酒吧我也经常光顾。

现在新井已生了一个儿子和一个女儿,住的国立市是我从前女友的公寓所在。下次遇到新井,我可以跟她谈谈国立的那些木造的建筑是一个什么样子,东中野的"朝日栢"又是怎样的一个印象了。

做生意，贵真诚

我们电影的男主角，驾着一辆小型巴士，停下后用力一拉，伸出桌子椅子，各式餐具俱全，变成个小餐厅。

电影中所用的汽车，由一家日本公司赞助，他们得到宣传，我们有免费道具，何乐不为？

这家公司答应在上个月二十号把两辆车交给我们改装，但日子到了，汽车仍见不到影子，真是急死人。

当晚，我接到东京来的电话，是负责供应此片车子的经理打来的。我将车迟到会造成许多摄影上的困难的理由告诉他。这个人似乎很了解，我们虽然没有见过面，但好像已经有了沟通。他把他的苦处也说明得很清楚：西班牙进口日本车有问题，他会尽量想办法解决。

做生意，常口说无凭，我建议以后通电讯，让大家有个记录，他赞成，说："费用由我们公司付，请尽管打来。"

这句话我最听得进去，以前打电讯，必经三次修改原稿，以节省字数和时间，这次既然可以自由发挥，实在是乐事。反正，他们的公司也可以报营业税，日本政府付钱，大可放肆。

翌日，我接到他的电讯："谢谢你。这次谈话真愉快。我已想到办法，由瑞士租车公司租赁两辆车给你，可避免麻烦的进口税务问题。请与苏黎世的租车机构冒克利先生联络，他的电讯号码是77934。不然，可以找他的同伴舒尔德或荷夫曼。电话是……"谈完，我马上找这三个人，哪知都是他们的秘书听的电话，三个家伙放大假，跑个无影无踪。

回电称："能听到西班牙语以外的语音，也是件乐事。你说的三个人在放假，全欧洲的人都去滑雪了。他们都疯了，只有你我在工作，怎么办？"

对方电讯回复："啊，真羡慕他们的悠闲。东方人命真苦。请与我们日内瓦的代理商联络，名叫海曼，电讯和电话是……"

哪知海曼也在放假，只有再打电讯："找不到海曼，你快点搞妥车子的事，要不然损失惨重，只好告你们公司要求赔偿。"

复电："请别那么凶狠，有事慢慢谈。我们日本人最讲理。我会替你联络瑞士，叫他们打电话给你，请耐心等待。"

又是一个周末，没有车子的下落，我火了，追加一个电讯："一点消息也没有。搞什么鬼？篡改教科书的事算不算讲理？"

"那是前一辈的老混账做的事，我也曾经参加游行抗议。侵略在我年幼时发生，我不知情，我是无辜的。现在代表日本人，请你饶恕我们的罪行。已经联络上租车公司的冒克利，他们说要你去签字才行，请多等几天，让他们有时间把手续准备好。"他回答。

听到有点头绪，又到电讯机前："租几辆车哪里需要几天手续的准备？又不是租飞机。我乘第一班班机到苏黎世，请叫冒克利在机场等我，我的班机号是……"

"请等一等，请等一等……"电讯机不停地传来消息。

我已经买好了机票，请公司的职员代打电讯："中国谚语，打铁趁热。太迟了，我已进入机场闸口。"到了苏黎世，冒克利果然在机场等我。我劈头第一句话："为什么你叫东京打电讯来要我等，有什么困难？"

冒克利说："租四个月的车子金额太大，我要问过信用卡公司才能证实你的信用卡有没有问题。"

早知道有这么一招，我掏出美金现钞，冒克利呆住了。

我问道："这总行得通吧？"

那瑞士人立即点头，我把事情解决掉飞回巴塞罗那。车子，将会由瑞士司机经法国开到西班牙给我们。

电讯传来："好家伙，做事果然利落。"

"废话少说，请派人送还美金。"我回复。

但是，法国的货车司机大罢工，把边境堵住。瑞士司机无法把车子送到，我又急得团团乱转。

"哈哈哈。日本谚语：人算不如天算。"东京的电讯传来。

我回电讯给他："那是中国谚语，不是日本谚语。真不要脸。你还能笑得出来？快点想办法解决问题！"

181

"对不起。"复电即到,好像很小声。

又是一个周末,我知道什么事都办不了,在欧洲和日本,大家都休假,只好对着电讯机,一个字一个字慢慢打,希望对方星期一收到:"不如你自己来一趟,我想见见你。"

惊奇地看到电讯机在自动打出字来,原来这家伙周末也上班:"感情是共通的。但是,工作把我的腰压弯了。我很同情你的处境,欧洲人办事总是慢半拍。这样吧,我叫我们伦敦的代表三田小姐去协助你。"

回到电讯机:"谢谢你。三田小姐已经来电话,虽然我们能讲共同的语言,但是她的话我一句都听不懂。很抱歉,我向她咆哮。要是你是我,你也会做同样的事。"

从办公室回公寓的时候正想穿御寒衣服,电讯机又跳出字来:"三田被你吓死了。她现在答应乘礼拜一早上的飞机到达。其实,她人不错,你见到了会喜欢她的。她是我派去的得力助手。"

反正回公寓也没事做,就死对着电讯机:"听她的声音,好像很老。"

"中年。"电讯复,"和我一样。你呢?"

"也是。又哀又乐。早点睡吧。"我不等回电,决定回去休息。

这一段电讯的交往,我发现我们都尽量避免影响对方的睡眠时间。

有了时差，两边一早一晚，我们总是先牺牲自己的休息时间。

星期一，两辆小型巴士到达，多给了一辆房车，另加两辆漂亮的跑车，全免费。

无物堪比伦，教我如何说

遇见日本首席摄影师之一的冈崎宏三，相信大家对他都熟悉，他拍过西德尼·波拉克的《龙吟虎啸江湖客》（即《高手》），另一部日本片《御用金》也给观众留下了深刻的印象。

冈崎身材矮小、略胖，喜欢戴个鸭舌帽，人很友善。我问他："打光这个问题很微妙，一般摄影师都是四方八面打得完美，现实生活中的光源，只有一个太阳或一个月亮，拍摄时为什么不把几支灯摆在一个方向一起照过来，当成一个光源？"

"是呀，我也喜欢这样打光。"冈崎同意，"不过，东方人的脸较扁平，用这种方法打光的角度最好是时钟上的两点十分。要是用十二点整的角度打，洋人还可以看，东方人就变成一块大饼干了。"

日本电影没落，冈崎说："我去英国博物馆拍了三个月纪录片，学到的东西真多。人们都不了解什么叫纪录片，以为只是真实地记录下来，其实记录一件艺术品，要拍得比用肉眼看到的还要精彩、还多面目，才是真正的纪录片。与其拍二流电影，不如去拍纪录片比较过瘾！"

他们一群人经过此地，要到其他地方拍外景，我看不到他们的制片人，问在哪里。

冈崎说制片人在算账。我说制片人不把控大原则，去算什么鬼账？那制片人不是制片人，是演员了。冈崎点头说："有的制片人，演技比演员还要好。"

我问他与外国名导演合作，有何感想？六十多岁的冈崎，人生经验丰富，不太得罪人，只是说："我发现他们都很古怪！"

"导演不古怪便不算是导演。"我说。

"对，对，"冈崎道，"不古怪的导演不是导演，是政治家，是财政部部长！"

同座有个叫小泉尧史的，是黑泽明的副导演，我见他只字不发，逗他说话，问他："你和黑泽明拍过《影武者》，你说他古怪不古怪？"

"我觉得他没什么古怪呀！"小泉答。

冈崎听后眯眯笑，对小泉说："如果你觉得黑泽明是普通人的话，那你自己就古怪了！"

再来一瓶啤酒

有一位作家朋友,三十几岁了才到日本留学,钱不够,寄住在几个同乡的房子里。

此人说来留学,但是没见过他去上课,整天待在房间里,像是去外国打发时间。

从来没有人知道他到底想干什么,朋友听说他会写作,就劝他把对日本的感想记录下来。

他对着空白的稿纸,望着天花板,香烟一支接一支地抽,但是字可不是一个又一个被写出来。

他去了两年,到过最远的地方不过是居住的附近,最常光顾的是PACHINKO(弹子房),和相机相处,什么日本话也不必说。

到小馆子吃饭,他用手指指着玻璃橱窗中的塑胶食物样板,伸出一根手指。

记忆中,他学会了几句日语,例如他会叫啤酒。一坐下来,他说："Biiru Moo Ippon。"

Biiru是英文的Beer，Ippon是"一本""一瓶"的意思。

最妙的是他用的Moo，是"再来，多些"的意思。每次都是一瓶不够，一定说要再来一瓶。

他说他记得这个Moo，是因为它和英文的More意思和发音都很相像。

说也奇怪，这个人竟在日本谈起恋爱来。

对方是洗衣铺的店员，也是三十多岁，逢人就看人家手上有没有戒指。

我们的大作家到了外国当然不肯戴结婚戒指，女店员看他来光顾了几次，和他比画着聊起天来。作家也毫不客气，大大咧咧地把她带回住的地方，命令同房的几个老乡都出去散步。

之后，女店员下了一番努力，立誓要教会作家日语。她说："DoMo DoMo DoMo is thank you。"

这个表示谢谢人家的DoMo，什么人都会说，"大作家"也要学老半天。她又教："DoZo DoZo DoZo is please。"表示请人家自便的DoZo，不应该很难。

一天，大家都不在，来了一位日本客人。作家可用起他的日语，向客人说："DoMo。"

客人瞪大了眼睛，不知道这疯子谢谢他干什么。坐了一会儿，无聊，起身。作家向他说："DoZo。"

日本客人听了，以为自己一起身，对方不留客，反请他自便，就生气地走了。

"大作家"当然不介意，跑去小食店，向女招待用他唯一说得正确的日语说："Biiru Moo Ippon。"

跋·以"真"为生命真谛，只求心中真喜欢

不拘一格降人才

要用文字描摹一个人，当然要先写下他的名字：

蔡澜。

然后，当然是要表明他的身份。

对一般人来说，这很容易，大不了，十余个字，也就够了。可是对蔡澜，却很费工夫，而且还要用到标点符号之中的括号和省略号，括号内是与之相关，但又必须分开来说的身份，于是在蔡澜的名下，就有了这些：

作家，电影制片家（监制、导演、编剧、策划、影评人、电影史料家），美食家（食评家、食肆主人、食物、饮料创始人），旅行家（创意旅行社主持、领队），书法家，画家，篆刻家，鉴赏家（一切民间艺术品推广人、民间艺术家发掘人），电视节目主持人，好朋友（很多人的好朋友）……还有许多，真的不能尽述。

这许多身份，都实实在在，绝非虚衔，每一个身份，都有大量事实支持，下文会择要述之。

在写下了那么多身份之后，不禁喟叹：人怎么可以有这样多方面的才能？若是先写下了那些身份，倒过来，要找一个人去配合那些身份，能找到谁？

认识的人不算少，奇才异能之士很多，但如能配得上这许多身份的，还是只有他：蔡澜！

蔡澜，一九四一年八月十八日生于新加坡（巧之极矣，执笔之日，就是八月十八日，蔡澜，生日快乐），这一年，这一天，天公抖擞，真是应了诗人所求，不拘一格，降下人才。

人才易得，这许多身份不只是名衔，还有内容，这也可以说不难，难得的是，他这人，有一种罕见的气质，或气度。那些身份，或许都可以通过努力获得，但气度是与生俱来，是天生的，他的这种气质、气度，表现在他"好朋友"这身份上。

桃花潭水深千尺

好朋友不稀奇，谁都有好朋友，俗言道：曹操也有知心人。不过请留意，蔡澜的"好朋友"项下有括号：很多人的好朋友。

要成为"很多人的好朋友"，这就难了。与他相知逾四十年，从未在任何场合听任何人说过他坏话的，凭什么能做到这一点？

凭的，就是他天生的气质，真诚交友的侠气。真心，能交到好朋友，那是必然的事。

以真诚待人，人未必以真诚回报，诚然，蔡澜一生之中，吃所谓"朋友"的亏不少,他从来不提,人家也知道。更妙的是,给他吃亏的人士知道占了他的便宜,自知不是,对他衷心佩服。

许多朋友,他都不是刻意结交来的,却成为意气相投的好友,友情深厚的,岂止深千尺!他本身有这样的程度,所交的朋友,自然程度也不会相去太远。

这里所谓"程度",并不是指才能、地位,而是指"意气"。意气相投,哪怕你是贩夫走卒,一样是朋友;意气不投,哪怕你是高官富商,一样不屑一顾,这是交友的最高原则。

这种原则也不必刻意,蔡澜最可爱的气质之一,就是不刻意地君子。有顺其自然的潇洒,有不著一字的风流,所以一遇上了可交之友,自然而然友情长久,合乎君子交游的原则,从古至今,凡有这样气质者,必不会将利害得失放在交友准则上,交友必广,必然人人称道。把蔡澜朋友多这一点,列为第一值得描摹点,是由于这一点是性格天生使然,怎么都学不来——当然,正是由于看到他的许多创意,他成为许多人模仿的对象,所以有感而发。

蔡澜的创意无穷,值得大书特书。

千金散尽还复来

蔡澜对花钱的态度,是若用钱能买到快乐,不惜代价去买;若用钱能买到舒适,不惜代价去买……

这样的态度,自然"花钱如流水",钱不会从天上掉下来,也自然要设法赚钱。

他绝对是一个文人,很有古风的文人。从他身上,可以清楚看到古人的影子,尤其像魏晋的文人,不拘小节,潇洒自在。可是他又很有经营事业的才能,更善于在生活的吃喝玩乐之中发现商机,成就一番事业,且为他人竞相模仿。

喜欢喝茶,特别是普洱,极浓,不知者以为他在喝墨水,他也笑说"肚里没墨水,所以喝墨水",结果是出现了经他特别配方的"暴暴茶",十余年风行不衰。

喜欢旅行,足迹遍天下,喜欢美食,遍尝各式美味,把两者结合,首创美食旅行团。在这之前,旅行团对于参加者在旅行期间的饮食并不重视,食物大都简陋。蔡澜的美食旅行团一出,当然大受欢迎,又照例成为模仿对象。参加过蔡澜美食旅行团的团友,组成"蔡澜之友",数以千计,更有参加十几次以上者。这种开风气之先的创举,可以用成语"不胜枚举"来形容,各地以他名字命名的"美食坊"可以证明。

这些事业,再加上日日不辍地写作,当然有相当丰厚的收入,可是看他那种大手大脚用钱的方式,也不禁替他捏一把汗。当然,这十分多余,数十年来,只见他愈花愈有。数年前,遭人欺骗,损失巨大(八位数字),吸一口气,不到三年,损失的就回来了,主宰金钱,不被金钱主宰,快意人生,不亦乐乎。

真正了解快乐且能创造快乐、享受快乐,当年有腰悬长剑、昂首阔步于长安道路的,如今有背着僧袋、悠然闲步在香港街头的，两者之间，或许大有共通之处？

众里寻他千百度

对人生目的的追寻，可以分为刻意和不刻意两种，众里寻他，也可以理解为对理想的追寻。

表面上的行为活动，是表面行为，内心对人生意义的探寻，对人生理想的追求，则属于内涵。

虽说"有诸内，必形诸外"，但很多时候，不容易从外在行为窥视内心世界。尤其是一般俗眼，只看表面，不知内涵，就得不到真实的一面了。

看人如此，读文章更如此。

蔡澜的小品文，文字简洁明白，不造作，不矫情，心中怎么想，笔下就怎么写，若用一个字来形容，就是：真。

乍一看，蔡澜的小品文，写的是生活，他享受的美食，他欣赏的美景，他赞叹的艺术，他经历的事情，大千世界，尽在他的笔下呈现。

试想，他的小品散文，已出版的，超过了一百种。

能有那样数量的创作，当然是源自他有极其丰富的生活经历。

读蔡澜的小品散文，若只能领略这一点，虽也足矣，但是忽略了文章的内涵，未免太可惜了。"谁解其中味"？唯有能解其中味的，才能真得蔡文之三昧。

他的文章之中，处处透露对人生的态度，其中的浅显哲理、明白禅机，都使读者能得顿悟，可以把本来很复杂的世情困扰简单化：噢，原来如此，不过如此。可以付诸一笑，自然、快乐、轻松，这就真是"蓦然回首"就有了的境界，这是蔡澜小品文的内涵，不要轻易放过了！

闲来无事不从容

工作能力，每人不同，有的能力强，有的能力弱。能力强者，做起事来不吃力，不会气喘如牛，不会咬牙切齿，会兵来将挡、水来土掩，旁观者看来，赏心悦目，连连赞叹。能力弱者，当然全部相反。

若干年前，蔡澜忽然发愿，要学篆刻，闻言大吃一惊——篆刻学问极大，要投入全部精力，其时他正负电影监制重任，怎能学得成？当时，我用很温和的方法，泼他的冷水："刻印，并不是拿起石头、刻刀来就可进行的，首先，要懂书法，阁下的书法程度，好像……哼哼……"那言下之意，就是说：你连字都写不好，刻什么印！

他听了之后，立即回应："那我就先学写字。"

当时不置可否。

也没有看到他特别怎样，他却已坐言起行，拜名师，学写字。

大概只不过半年，或大半年左右，在那段时间内，仍如常交往，一点也没有什么特别之处。一日，到他办公室，看到他办公桌上，"文房四宝"俱全，俨然有笔架，挂着四五支大小毛笔，正想出言笑话他几句，又一眼看到了一叠墨宝，吃了一惊：这些字是谁写的？

蔡老兄笑嘻嘻地泡茶，并不回答，一派君子作风。

这当然是他写的，可是实在难以相信。

自此之后，也没有见他怎样搓手呵冻地苦练，不多久，他的书法成就卓然，而且还有浑然之气，毫不装腔作势。篆刻自然也水到渠成，精彩纷呈，我只好感叹：有艺术天才，就是这样。他的这种从容成事的态度，在其他各方面，也无不如此。在各种的笑声之中，今天做成了这样，明天又做成了那样，看起来时间还大有空闲，欧阳先生曰：得其一，可以通其余。

信然！

最恨多才情太浅

蔡澜书法，极合"散怀抱，任情恣性"的书道，所以可观。其实，书道、人道，可以合论。蔡澜的本家蔡邕老先生在《笔论》中提出的书道，拿来作做人的道理，也无不可。

在对待女性的态度上，蔡澜绝对是大男子主义者。

此言一出，蔡澜的所有女性朋友，可能会哗然："怎么会，他对女性那么好,那么有情有义,是典型的最佳男性朋友,怎么会是大男子主义者?"

是的,所有他的女性朋友对他的赞誉,都是对的,都是事实,也正因为如此,才说他是大男子主义者。

唯大男子主义者,才会真正对女性好,把女性视作受保护的弱小对象,放开怀抱,任情尽心地爱之惜之,呵之护之,尽男性之天职,这才是真正的大男人。

(小男人、贱男人对女性的种种劣行,与大男人相反,不想污了笔墨,所以不提了。)

女性朋友对蔡澜的感觉,据所见,都极良好,不因于性别的差异,从广义的观点来看一个"情"字,那是另一种境界的情,是一种浅浅淡淡的情,若有若无的情,隐隐约约的情,**丝丝缕缕的情**……

若大喝一声问:究竟是什么啊?

对不起,具体还真的说不上来。只好说:不为目的,也没有目的,只是因了天性如此,觉得应该如此,就如此了。

说了等于没有说?当然不是,说了,听的人一时不明,不要紧,随着阅历增长,总会有明白的一天,就算终究不明,又有什么打紧?

好像扯远了,其实,是想用拙笔尽可能写出蔡澜对女性的情怀而已。不过看来好像并不成功?

回首亭中人，平林澹如画

试想看云林先生的画：天高云淡，飞瀑流泉，枯树危石，如斗茅亭，有君子兮，负手远望，发思古之幽情，念天地之悠悠，时而仰天大笑，笑天下可笑之事，时而低头沉思，思人间宜思之情，虽茕茕孑立，我行我素，然相交通天下，知己数不尽。

若问君子是谁，答曰：蔡澜先生也。

回顾和他相知逾四十年，自他处学到的极多。"凡事都要试，不试，绝无成功可能，试了，成功和失败，一半一半机会。"这是他一再强调的。只怪生性不合，没学会。

"既上了船，就做船上的事吧。"有一次跟人上了"贼船"，我极不耐烦，大肆唠叨时他教的，学会了，知道了"不开心不能改变不开心的事，不如开心"的道理，所以一直开开心心，受益匪浅。

他以"真"为生命真谛，行文如此，做人如此。所以他看世人，不论青眼白眼，都出自真，都不计较利害得失，只求心中真喜欢。

世人看他，不论青眼白眼，他也浑不计较，只是我行我素：岂能尽如人意，但求无愧我心。

这样的做人态度，这样的人，赢得社会上各色人等对他的尊重敬佩，是必然的结果。有一次，我在前，他在后，走进人丛，只见人群纷纷扬手笑脸招呼，一时之间以为自己大受欢迎，飘飘然焉，及至发现众人目光焦点有异，才知道是和身后人在打招呼,当场大乐:这是典型的"狐假虎威"。哈哈。

即使只是描摹,也描之不尽,这里可以写一笔,那里可以补两笔,怎么也难齐全。这样的一个人,哼哼,来自哪一个星球?在地球上多久了?看来,是从魏晋开始的吧?

倪匡

附录

人生真好玩儿

首先,我很喜欢看这个节目,但是我看完了以后就有种感觉——被请来的嘉宾都是有头有脸的,但是为什么要整天让他罚站呢。大概是上辈子淘气淘得多吧,弄张椅子来坐坐如何,谢谢谢谢,这样舒服得多。

我的名字叫蔡澜,为什么叫蔡澜呢?因为我是在南洋出生的,我爸爸说:"你就叫蔡南吧,南方的南。"但是我有一个长辈,名字中也有个"南"字,所以说不好、忌讳,就改成这个波澜的"澜"字。古语有云:"七十而从心所欲,不逾矩",就是七十岁能随心所欲而不越出规矩,一下子就活了。

这个人生真的不错,真的好玩啊。有两种想法,你如果认为很好玩就好玩,认为不好玩就不好玩。就像你一出门,满天乌鸦嘎嘎嘎地叫,你可能觉得这个很倒霉。但是你想,乌鸦是唯一在动物中间会把食物含着给爸爸妈妈吃的,这种动物很少,包括人类。所以说在这么短短的几十年里面,要把人生看成好的,不要看成坏的,不要太灰暗。我是最喜欢跟年轻人聊天的,因为我想我可以跟他们沟通,我自己心态还算年轻。我发现很多年轻人跟我还是有一点代沟,就是我比他们年轻一点。尽量地学习,尽量地经历,尽量地旅游,尽量地吃好东西,人生就比较美好一点,就这么简单。我喜欢看书,我喜欢看很多很多的书,什么书我都看,小的时候就看《希腊神话》,喜欢看这些幻想的东西。我也很喜欢旅行,一喜欢旅行,眼界就开了,看人家怎么过活。我在西班牙的时候去看外景,有一个老头在那边钓鱼,西班牙那个岛叫伊比沙岛,退休的嬉皮士在那边住的。这个老嬉皮士在那边钓鱼,我一看前面那些鱼很小,转过头来发现那边的鱼大得不得了。我说:"老头儿,那边鱼大,为什么在这边钓?"他看着我说:"先生,我钓的是早餐了。"没错,一句话把你的人生的贪婪什么的都唤醒了。

在旅行过程中,你可以学到很多很多的人生哲理。另外的一次,在印度山上,那个老太太整天就煮鸡给我吃。我说:"我不要吃鸡了,我要吃鱼呀!"那太太说:"什么是鱼呀?"她都没见过,那是山上。我就拿纸画了一条鱼给她,说:"你没有吃过真可惜呀。"老太太望着我说:"先生,没有吃过的东西有什么可惜呢?"都是人生哲理。

我出道很早,差不多十九岁已经开始做电影的工作了。那时候跟一些老前辈一坐下来,一桌子十二个人,我最年轻。但是我坐下来的时候,我已经在想有一天我坐下来时我是最老的呢。果然,这个好像一秒钟以前的事。我昨天晚上跟人家去吃饭,我一坐下来已经是最老的了。所以不要以为时间很长,就是这么一刹那就没了。提到墨西哥，我在墨西哥也住了一年，去到墨西哥的时候，我看有人家卖烟花爆竹，我想去买来放。我的朋友说："蔡先生，不行，不行啊，死人才放的呀！"为什么死人要放烟花爆竹？其实他们那边的人生活很辛苦，人很短命，跟死亡接触得很多。既然接触得很多，为什么不把死亡这件事情变成一种欢乐的事情呢？为什么一定要生着才庆祝嘛，人死了就庆祝呗。

我认为年轻人要做什么都可以的，只要有心，你们总有一天可以做到，这个就是年轻的好处。在玩乐中体验人生，在平常的烟火气中感受生活的美好。我到一个餐厅去，我吃了感觉很好吃，就写文章推荐给大家。因为做生意的确不容易，我不会随便骂人。至少我写的那些文章人家拿去，都是彩色放大了以后贴在餐厅外面。你到香港去看好了，通通是。总之，做什么事情都要很用心去做，样样东西都学，有一本书教你怎么做酱油的，我也买回来看。像我，我也练练书法、刻图章，学完了以后，学多了就样样东西是专家，所以，人的本事越多越不怕。就是我有一天坐飞机，晚上的飞机，深夜的飞机多数会遇到气流，这个飞机就一直颠，一直颠，颠就让它颠吧，我就一直在喝酒。旁边坐了一个澳大利亚大汉，一直在那抓住的，一直怕，一直抓，一直怕。飞机稳定下来了以后，他看着我，非常之满意地看着我。他说："喂，老兄，你死过吗？""我活过。"

年轻人，总要有点理想，总要有点抱负，总要有点想做的事情，要做就尽量去做吧！

（编者注：据《开讲啦》演讲稿整理）

我的方向就是把快乐带给大家

很多人会很羡慕我的人生，但是，不用羡慕，实行去，谁都可以的。

我在北京常吃的就是那几家饭店，吃羊肉，因为到了北京不吃羊肉不行嘛。北京就羊肉做得最好。

有个地方是一个朋友介绍的。我们到每个地方去，都有一些当地喜欢吃东西的朋友，而且你看过他们写的文章或者发表过的微博什么的你就会认识。认识这个人，那么就到那边去找这个人。信得过了，那么他就介绍这里好、那里好。

好吃的东西我当然喜欢吃，但不好吃的东西，我也可以学着去吃它。好不好吃，你没有吃过，就没有权利评判。但试过了以后知道不好吃就不吃。

到国外的话，如果遇见什么都不好吃的情况，那么我宁可饿肚子。比如，有一次我在伦敦街头，肚子很饿了，走来走去都是这个M字头的店。我死都不肯进去，多饿我都不肯。

后来碰到一个土耳其人在卖那个一块一块的小肉，用刀切。

我就终于有东西可吃了。

吃饭是有尊严的,不好吃我就不吃,宁可饿着。

我从来不会把吃当成半个工作。

我有一个写了几十年的专栏叫作《未能食素》。有一天我说:唉,旅行的时候也要我发稿?别的文章可以一边旅行一边写,只有这一篇东西不能够,因为你离开了很久,你没有吃过那个餐厅,你不能乱写。

我这一生到现在为止,并没有做到很任性地生活。倪匡先生也讲过,不能够想做就做,可以不想做尽量不做。想做就做就天下大乱了。

我想做的事就是我的方向,我的方向就是一方面把欢乐带给大家,另一方面又可以赚钱,尽量不要做亏本的事情,我现在这个年纪还做亏本的事很丢脸的嘛。

我最得意的发明是和镛记老板甘建成先生一起还原了金庸小说《射雕英雄传》里的"二十四桥明月夜"这道菜。

这道菜的来源是:黄蓉要求洪七公教武功,洪七公说,你煮一个菜给我吃。黄蓉说,吃什么?洪七公说,吃豆腐。怎么做呢?要把那个豆腐塞在火腿里面。那么这个怎么做呢?书上没有写明。因为这里(镛记)有个金庸宴,我就跟这里的老板甘先生一块去研究,研究完了我们就把一个火腿切了三分之一,然后用电钻钻了二十四个洞,因为这个菜名叫作"二十四桥明月夜",是由一个诗句里出来,再把那个豆腐放在这二十四个洞里面,再用盖盖起来拿去蒸。因为火腿的味道都已经进入豆腐里,所以,这道菜只吃豆腐,火腿弃之。

金庸吃了之后,表示很喜欢。

除了金庸小说里的菜式,我也试着还原过其他作品里的菜,比如《红楼梦》以及张爱玲的一些小说,但是,最后弄出来的菜,其实都不好吃。

(编者注:据《鲁豫有约》整理)

你不给我别的机会，那我就从中找到别的乐趣

我做监制就是邵逸夫先生教的，他说你要是喜欢电影的话，你就要多接触电影这个行业一点，你如果单单是做导演的话，那么这部戏你拍完了以后就剪辑，时间紧，牵涉到的范围比较窄小。你如果做监制的话，任何一个部门你都要知道，做监制有一个好处就是你懂的事情多了以后，你就可以变成种种的部门，你变成一个专家以后，你的生存机会就会越来越多，可以去打灯，可以去做小工，总之你的求生的技能越来越多，你的自信心就强起来了，都是这样。

邵逸夫先生之所以给我这么多机会，一方面因为跟我的父亲是世交，另一方面还因为他觉得从我这个年轻人身上能看到当年的自己，觉得我是适合做这一行的。他是喜欢我的，所以他才会把所有的事情都讲给我听。

但并不是因为邵先生的关系，我一上来就要管很多人、很多事，我也要像新人一样从头开始，去学习，学习了之后才可

以去做。

　　我参与的第一部电影是从他们来拍外景开始，像张彻先生来拍《金燕子》，我不是整部戏参与，就是外景部分罢了。从那里学起，一直学，跟这些工作人员打好关系以后，我就开始自己拍戏。我跟邵先生讲，你们在香港拍一部戏要七八十万，甚至要一百万，我这里二三十万就给你搞定了。你们拍戏在香港拍要五六十天，我这里十几天就给你搞定了。那时候是越快生产越好，因为是工厂式的作业，所以他也就听得进去。他说那你就拿这笔钱去，你就去拍。我就开始在日本拍香港戏，请了几个明星过来，其他工作人员都是日本人，拍完了以后就把它寄回去，就在香港上映。所以在东京拍香港片子就算是外景，也不能够拍日本外景，都要拍得很像香港，模仿香港，所以看到富士山也把它剪掉，不拍的。

　　那时候我二十多岁，但我必须掌控全局，没别的办法，就学，学完了以后从犯了很多错误开始，但犯错误不是坏事情。

　　我对所有的工作人员都要求很高，所以我曾经一度把所有的工作人员都炒了鱿鱼，只剩下我一个，然后重新开始组织。就是因为拍一部片子的时候，他们太慢。

　　没人了也没关系，再去组织就是了。

　　但这件事给我的一个经验就是，我要炒人的话，从炒一两个开始，不要通通炒掉。

　　我对人对己都要求很严，尤其是自己，要从自己开始。

合作的那么多导演，都是一些很以自我为中心的怪物。没有一个我喜欢的，我都很讨厌他们。

如果让他们来评价我的话，他们会说中午那顿吃得很好。

那是香港电影最好的时候，因为忙碌，不断地有戏拍。因为每部戏都卖钱。

但是也会困惑，因为没有自己喜欢的题材、喜欢的片子。像我跟邵逸夫先生讲，我说邵氏公司一年生产四十部戏，我们拍四十部戏，如果其中一部不为了卖钱，而是为了艺术、为了理想，这多好。这是可以的，四十部中间赌一部是可以赌得过的。

他说：我拍四十部戏都能赚钱，为什么我要拍三十九部赚钱，一部不赚钱？我为什么不通通拍赚钱的？那么我也讲不过他，结果就是没有什么自我了。那时候我的工作就是一直付出，一直付出，一直把工作完成，没有说自己想拍些什么戏就可以拍，所以如果谈起电影的话，我真的是很对不起电影的。我对这段做电影的生涯，不感到非常骄傲，我反而会欣赏电影，我欣赏的能力还不错。我做监制的时候为工作而工作，人家常常批评我，他说：你这个人，到底对艺术有没有良心？我说：我对艺术没有良心。他说：你是一个没有良心的人。我说：我有，我对出钱给我拍戏的老板有良心，因为他们要求的这些，我就交货给他们，我有良心的，我不能够为了自己的理想而辜负人家拿了这么大的一笔钱，让我来玩，我玩不起。

我只是赶上电影最容易卖的时候。但是作为一个有抱负的电影人,其实那是挺痛苦的。

但是我没有后悔过。因为每个人都有自己的时代。

我那时候的心态就是把电影当成一个很大的玩具,因为你现在没有的玩,现在拍电影,好像大家都愁眉苦脸痛苦得要死。我很会玩啦,我会去找最好的地方拍外景,当年最好的酒,当年最好的一桌子菜,我都把它重现起来,女人我也会重现,让她们穿最漂亮的旗袍,这些我会很考究的,把这部戏拍起来,在拍的中间,我很会玩,我已经达到我的目的了。

被这个时代推着,你不给我别的机会,那我就从中找到别的乐趣。

我经过这种失意的年代,那时候我就开始学书法。三十几岁吧,有一段时间很不愉快,不愉快,我就学东西了。

我学书法就很认真地去学,书法和篆刻,刻图章,现在还可以拿得出来,替人家写写招牌。

内心是会郁闷的。当然郁闷时间很短了,后来我才发现我在书上也写过,干了四十年电影,原来我不喜欢干电影这行。

因为我喜欢的是欣赏、看,我不喜欢参与在里面,但是我会把自己变成一些大的玩具,就好玩,对自己的人生也有帮助,现在我只欣赏电影就好了,不再去搞制作,制作很头痛。

我做不了像邵逸夫那样的电影大亨。我没有那种决心,很多很绝情的事情我做不了,很多决定我做不了。

比如你要很绝情地说:每一部戏都要赚钱。这个很绝情吧,我就不可以了，我说有钱就完了吗？

但我不较劲，这个事情我做不好的话我离开一段时间，我试一件别的事情。

这点就是很多很多经验积累下来以后，让我离开，让我决定再也不回来。

我不遗憾，我知道遗憾也没有用。我也不是一个有野心的人。我只是对工作要求高，我不怕得罪人，我看到不喜欢的我就开口大骂了。

在电影圈里面要找到一两个性情中人不容易，都是很有目的地去完成一件事情的人。做导演的多数都是想着"我自己成名就好了，你们这些人死光了也不关我事"的人，这种人我不喜欢。

我最欣赏的人都不是电影圈的，像黄霑、倪匡、金庸、古龙。这几个人是我最好的朋友。共同点都是文人，都是对生活好奇的人，都是性情中人。

（编者注：据《鲁豫有约》整理）

人生的意义无非就是吃吃喝喝

我来香港五十多年了,选来选去,还是这个地方比较好,因为有生活,有人的味道,像人。

这家菜场我常常来逛,它没有招牌,我就替它写一个招牌。菜,它新鲜的话,会对你笑,下次你来,买我买我。从小到大,我最喜欢的就是逛菜市场了。

我最想做的是拉丁人,我认为活得最快乐的是拉丁民族。我以前很忧郁的,不是开朗的人,后来一旅行了我才知道,原来人可以这么活着。

我十几岁时已经开始旅行了,去日本之前,我到过马来西亚,到过很多地方了。去日本的时候我又顺便去了韩国。后来又因为拍戏的关系,什么地方都去了。

那时候,和几个好朋友,一面吃一面聊天,聊到天亮。那些所谓的忧伤,都很明白,我们都经历过。

说到读书,我看书喜欢所谓的"作者论",就是把同一个作者的所有的书都看完,我认为这才叫作看书。著作很多的,就很难。我的书也不少，但很容易看，很正统又不是正统，所谓文学又不是文学，所以那些什么艺术界、文学界一定是把我摒出去的。我说，那就归纳成"洗手间文学"好了，一次看完一篇，如果那天你吃的是四川火锅的话，一次就看两篇吧。我是一个喜欢把快乐带给别人的人。看我的书，希望你轻松一点，快乐一点，就这么简单。

电影工作，一干四十多年，做电影不是容易事。有多少个人死在你脚下，有多少老板亏本，有多少人在支持你，你才会成为"王家卫"？我开始明白一个道理，你如果有太强烈的个人主义的话，不要拍电影，因为电影不可能是一个人可以做的，它是一个全体创作，大家都有功劳。所以我开始写作，写作可以是我自己的。

我做人不断地学习。我在墨西哥拍戏的时候，看到炮仗、烟花要买来放，有人说，蔡先生，不可以，这个是有人去世才放的。我说，你们死人这么欢乐？是很欢乐，因为我们人很短命，我们医学不发达，我们还有一个死亡节。

所以他们了解死亡，他们接触，他们拥抱。

我开始想我们对于死亡，为什么要哭得这么厉害？为什么这样？我说学习怎么活很重要，但学习怎么死，也很重要。我们中国人从来不去谈。"老是不面对，整个人就不成熟。"人都有一死，何不快活一世，笑看往生？

我们常常看别人，却很少看自己，自己的思想是怎么样，就往那一边去走。这其实是可以改变的。不要把那个包袱弄得太重，没有必要。一个人可以改变世界的话，我就去洒热血、断头颅，我可以去。但有时候，我没有这个力量，改变不了，所以我就开始"逃避"，吃吃喝喝也是一种逃避嘛。

吃是本能。我们常常忘记本能。

我喜欢把快乐带给别人。吃得好的话自己高兴，对别人也好。再简单不过的道理。而且健康有两种，一种是精神上的健康，一种是肉体上的健康嘛。

许知远独白：这个世界充满不确定性，高度功利主义，什么都有目的，所以他做一个自由快活、享受人生的人，他知道这个时代所有的问题，他理解，但他选择不去直接地触碰它。在这个时代做一个快活的人，风流快活的体面人，那也是最好的反抗，事实上体面的背后有原则，我觉得这就是对中国社会的一个好处，特别大的好处。

（编者注：据《十三邀》整理）